判處勇者刑 1

懲罰勇者9004隊刑務紀錄

ロケット商會

插畫 めふぃすと

CONTENTS

序

所謂勇者刑，就是最重大刑罰的名稱。
至少聯合行政室是如此制定。
同時也被稱為最為嚴苛的刑罰。

勇者們為了跟魔王現象戰鬥而站在最前線，甚至連死亡都不被允許，只能持續戰鬥。
這種刑罰沒有刑期。
就算持續戰鬥了一百年，也不會獲得解放。
按照規定，只有魔王遭到根絕時才能得到恩赦。

——而要根絕所有的魔王只是痴人說夢。

刑罰：庫本吉森林撤退支援 1

「這下糟了。」

鐸達．魯茲拉斯以擔憂的表情這麼說道。

「真的糟了。我這下什麼都完了。」

我心裡立刻浮現「又來了」的想法。

說起來，鐸達大概每隔三天就會說出一次「真的糟了」的發言。我早就習以為常了。

這一切全是因為他本人的手腳實在太不乾淨。

至於有多不乾淨嘛，就是惡劣到足以犯下「嚴重反叛國家」的罪過，才會像這樣被判處勇者之刑。在被聖騎士團捕獲、入獄之前，據說他已經犯下超過一千件的竊盜案。可說是世界史上罕見的毛賊吧。

鐸達．魯茲拉斯真的是什麼都偷。聽見他偷走屬於王族的龍時真的是大爆笑，不過得知之後他的左手被吃掉就又露出嚴肅的表情。這傢伙真是個怪胎。

不過所謂的勇者其實全都是這樣的傢伙。

「我說賽羅啊，我到底該怎麼辦才好——」

「這件事……」

我把鐸達靠過來的臉推開，並且要他安靜。

「不能明天再講嗎？你或許沒注意到，不過我們現在忙到快死了。」

「忙到快死」並不是什麼比喻。

這裡已經是戰場了。目前人類僅存的唯一國家——聯合王國的北端。刺骨的寒風吹過埋在深雪底下的森林深處。

這裡被稱為庫本吉森林。同時也是人類馬上就要失去的領域。因為各種情況，我跟鐸達從早上就低調地在此待機。目前太陽已經快要下山，冷死人的夜晚馬上就要到來。

立刻就有必須以魔王現象為對手的「必死作戰」在等待著自己。

結果這時候前去偵查回來到這裡的鐸達就說出「糟糕了」的發言。這實在讓人感到頭痛，也很想叫他閉嘴。

「鐸達，你知道接下來等著我們的是什麼工作嗎？」

「嗯……算知道啦。」

「你說說看。」

「跟魔王戰鬥。」

臉色蒼白的鐸達如此呢喃，並從懷中取出一個小瓶子。那應該是產自東方諸島的高級酒。是以豆子釀造出來的酒。

「沒錯……話說回來，你手裡的那個……」

我指著鐸達手中的酒瓶。

「又是偷來的吧。從伐庫魯開拓公社的酒窖嗎？」

「嘿嘿……很棒吧？是從軍隊高層的帳篷裡偷來的。」

鐸達很開心般喝著高級的酒。這傢伙明明偷了別人的東西，卻露出一臉很開心的表情。

「我拿了看起來最高級的酒。誰教他們要毫無防備地放在那裡。」

「怎麼想都是偷的人不對吧。明明喝不出高級酒的味道。」

我從鐸達的手裡拿走酒瓶，稍微含了一口到嘴裡。感覺喉嚨就快要被燒焦了。這麼做只不過是為了提振精神，並非想品嘗味道或者是想喝醉。

「好烈的酒。」

「不喝這麼烈的酒根本幹不下去啦。接下來就要跟魔王軍戰鬥……那個，對方已經有一大群了吧？」

「以魔王現象來說算是相當龐大的規模，受影響的異形共有五千。很想哭對吧。」

至少事前的情報是這樣的內容。

或許數量會減少一些——藉由我們聯合王國的諸位偉大且高貴的聖騎士團大人的努力。不過我想這應該只是自己的奢望。說起來，就算減少一兩千名敵人也沒什麼太大的意義。

這是因為——

「必須只靠我們兩個人來阻止那些異形。」

我把酒瓶推回給鐸達。

「嗯……」

鐸達鐵青著一張臉低下頭去。

「我知道喔。沒辦法啦，誰教我們是勇者。」

正是如此。

我們是正在服勇者刑的罪人，根本無法違抗命令。刺在我們脖子上的刺青就是證據。那是被稱為「聖印」的一種特別印記。

受到這種刑罰的人，連死亡都不被允許。

不論是心臟停止還是腦袋被轟飛都會復活，並且繼續在前線戰鬥。

即使死亡也能得到復活——這樣聽起來可能相當不錯，不過當然有其他問題存在。復活時會一點一點地失去記憶與人性。裡面也有完全喪失自我，變成像是行屍走肉般的存在。

我們沒有選擇的餘地。唯一能做的就是完成任務。說起來，這時我們被賦予的任務其實相當單純。

也就是「支援撤退」。

援護潰逃的聖騎士團，幫助他們離開這座森林。湧至的敵人——由魔王現象誕生的異形「軍隊」大約是五千。不存在支援或者援護的部隊。只能單靠懲罰勇者9004隊來完成任務。

而目前懲罰勇者9004隊能夠行動的就只有我賽羅與鐸達——還有派不上任何用場的「指揮官」而已。其他成員不是正在修復被轟飛的手或者頭，就是正進行其他任務，完全無法期待有人能來幫忙。

達成任務的條件是過半數的聖騎士撤離。沒有辦法達成這個條件，或者是從森林逃亡時，脖子上的聖印就會折磨並且殺害我們。

用文明一點的說法，這實在太過分了。很想幹掉想出這個辦法的傢伙。

不過其實這樣已經算不錯了。一開始的任務計畫更是亂來。簡言之就是要我們去擊破這種魔王現象的核心，也就是魔王。

會變成現在這樣，全是我們「指揮官」交涉的結果。那個沒用的軟腳蝦雖然完全無法指揮部隊，但身為前詐騙犯兼政治犯的他，騙人的能力倒是無庸置疑。

「嗯，應該有辦法解決……吧？」

鐸達窺視我的表情，然後又啜了一口酒。

「這次有負責暴力行動的賽羅在，而且我們又是勇者。最糟糕也不過變成絞肉，反正還是會復活——」

「你真的什麼都不懂耶。」

我感覺應該讓鐸達面對現實。

「復活能否順利必須要看屍體的狀況。屍體變成絞肉或者根本無法回收的話，絕對會留下不妙的後遺症。」

無法期待聖騎士團事後會幫忙從雪裡頭回收我們的屍體。因為這座森林不久之後就會受到魔王現象的汙染了。

如此一來就算使用復活技術，也會對自我與記憶產生深刻的影響。關於這個部分的詳細情形，我也只聽說過傳聞，不過使用在懲罰勇者身上的復活技術，據說是從地獄把死者的靈魂拖出來，並且將其硬塞進屍體當中的玩意兒。

本人的肉體平安無事地殘留下來的話，復活的程度也會跟著上升，但只要有材料的話，就算是別人的肉體也無所謂。話雖如此，如果做出聚集他人的血肉來進行復活的粗暴舉動，據說產生缺陷的機率也會跟著變高——結果就是會出現行屍走肉般的勇者。

聽見這件事後，鐸達露出打從心底感到驚訝的表情。

「咦，真的嗎？」

「我何必說謊。」

「我完全不知道耶。賽羅，你好清楚哦。」

我沒有回答。說不定這是沒有向一般人公開的情報，又或者鐸達正是因為死亡多次的影響而忘了這件事了。

「因此必須要順利完成任務。沒有空聽你的閒話了。」

「等等，但是……」

「應該說我根本不想聽。」

「聽我說嘛！可能真的很不妙。你對這個有何看法？」

鐸達指著旁邊的地面。

我原本刻意不去看的地方放著一個巨大的物體。

「……那是什麼。」

首先浮現的想法是「棺材」。

那是個長形的箱子，大小足以放入一名嬌小的人類。表面施加了某種複雜的裝飾，如果是棺材的話，應該放著地位相當高的人物吧。

我再次懷疑鐸達的腦袋是不是有問題。

「鐸達……你為什麼要偷棺材啊。」

「我也不知道啊……只是覺得有個很豪華的箱子，應該偷得出來，一回過神來就……」

我沒有做出任何回答。事到如今，我也不打算再對鐸達不乾淨的手腳多說些什麼了。這傢伙偷東西的衝動就算是死了也改不過來。這傢伙真的什麼都偷，越是沒用的東西就越是想偷。

這時我在意的是其他事情。

「鐸達，關於這副棺材……」

我試著把手放到蓋子上。

「不會……有人放在裡面吧？」

「正是如此。」

鐸達竟然真的回覆了預料之中的答案。這傢伙真的瘋了。

「搬的時候就覺得怎麼那麼重，剛才確認之後——」

「在偷之前就該確認了！幹嘛偷一具屍體啊，真搞不懂你。」

「我也不知道啊！回過神來時就偷了！」

「為什麼變成你在對我發脾氣，在異形抵達前先幹掉你一次好了。」

開始知道鐸達所說的「事情不妙」是什麼意思了。

既然安放在如此豪華的棺材裡面，這具屍體不是王族就是地位崇高的貴族。應該是該名加入聖騎士團的偉人死亡，才會將其安放到這具棺材裡面的吧。

這樣棺材被偷走的話確實會引起一陣很大的騷動。這時我能做出的建議就只有一個。

「現在立刻還回去，笨蛋。」

我一邊這麼說，一邊為了確認屍體而打開棺材的蓋子。

如果要問為什麼打開的話，其實我也不太清楚。

或許是因為不入流的好奇心吧。王族或者貴族的話，可能我也認識，而且那些人裡面有許多名字都列在我想幹掉的名單當中。說不定是其中一人，此時我的內心就抱持著這種不道德且陰險的期待。

不過，老實說就只是「隨手一掀」。純粹是因為我就是個如此粗心大意的傢伙。

「糟糕。」

打開後我就後悔了。

裡面確實放了一個人——是一名少女。

而且是美到讓人有點害怕的少女。身穿聖騎士團的白色軍服。有著一頭柔順的金髮，以及像是北方出身的雪白肌膚。姣好的面容就像是雕像一般——

但是最吸引我目光的是從她左邊臉頰一路刻畫到脖子上的「印記」。我知道這些圖樣應該延伸到胸口的心臟附近。

它被稱呼為聖印。跟我們脖子上的有些相似，但還是有決定性的差異。

「鐸達，這下糟了。」

「我想也是。這應該是王族的孩子吧？」

「錯了。說起來根本不是人類。」

我受到盤踞在腦袋角落的錯覺襲擊。

「這個小鬼是『女神』。」

「咦？什麼？」

「還什麼哩。就是『女神』啊。」

人類的希望之一。由太古的才智所創造出來的決戰生命體。

曾經有過這種誇大的宣傳用廣告詞。不過我很清楚，這樣的表現相當確實。「女神」絕對是人類在對抗眾魔王時擁有的最大且最強的戰力。

聖騎士團就是為了防衛這個「女神」，同時將其作為武器來運用的組織。

這個世上現存的「女神」數量僅僅只有十二名——不對，現在變成十一名了嗎？這個叫鐸達的男人把其中一名偷過來了，這傢伙真是太恐怖了。如果不是這樣的情勢，他應該會成為在世界史上留名的大盜吧。

「立刻把她還回去。這是有史以來最糟糕的一次。你至少知道『女神』吧！」

「咦咦？嗯，是啦，曾經從遠方看過……她是嗎？」

鐸達露出無法理解的表情。

對哦。一般人不會知道所謂的「女神」有著什麼樣的外表。

「她們真的有著這種女孩子的外型？那個，我看到的『女神』，是像超大鯨魚一般，還有像是鐵塊那樣——」

「很難跟你說明，不過確實也有那樣的傢伙。」

「女神」是誕生於太古，一直到現在都無法解析的超兵器。

有的女神具備人類難以理解的形狀，也有的並非如此。而且雖然為了方便而稱其為「女神」，但是並不一定都是女性的身軀。就我所知應該是這樣。

「鐸達，你聽好了。這傢伙呢……」

雖然覺得麻煩，我還是試著要跟他說明。但在那之前，我的耳朵就聽見彷彿要衝破傍晚微暗天色般劇烈的聲音。

那是角笛與太鼓的聲響。

這無疑是我方，也就是人類軍隊所發出的噪音。一般來說，魔王現象不會使用這樣的道具。

「搞什麼，已經來了嗎？」

我反射性握住雙手，然後鬆開。

手掌、手腕以及手肘——甚至到肩膀，每一吋皮膚都刻畫著聖印。這是用來戰鬥的聖印。名字是又臭又長的「超多目的貝魯庫種機動雷擊印群」。這是唯一即使遭判處勇者刑也沒有被剝奪的物品。

也是我目前唯一的一樣「私人物品」。

「是異形群吧。看得到嗎，鐸達？」

「嗯。」

鐸達張大眼睛，窺看著傍晚微暗的夜色深處。經過小偷這個行業的鍛鍊後，這傢伙的眼睛本來就很特別。他能在夜裡看見東西。

「……有哦。已經在動了。」

「那該輪到我們上場了。」

「等……等一下。我還沒做好心理準備。」

「哪有那種時間啊？問問看自己脖子上的聖印吧。要先跟同伴會合了。」

就是剛才發出角笛與太鼓聲音的那群傢伙。

我推測他們應該在不遠處。就聲音的規模來看，應該不是超過兩千人的聖騎士團本隊。大概是斥侯部隊或者是游擊部隊吧。

「等……等一下啦！別丟下我！」

「快一點。也別忘了『女神』。既然是你偷來的，就必須負起責任把她抱著！」

「咦……那個，真的嗎？那個真的很重，我現在才在考慮是不是要把它帶走耶。」

鐸達雖然想提出反駁，但被我一瞪之後就默默地扛起「女神」的棺材。

然後不發一言就從該處快步移動。森林裡充滿敵人的氣息。怒吼、金屬聲、角苗以及太鼓的聲音都漸漸消失。有種不祥的預感。得快一點才行了——距離應該不遠。一定是這樣。

直接遇見開闊的斜坡，正準備滑下去的時候。

「等一下！賽羅，這真的有點不妙！」

鐸達突然抓住了我的手臂。我整個人差點往前倒，為了對鐸達發出怒吼而瞪著他。這才注意到他的表情相當嚴肅。那傢伙隨即把望遠鏡遞給我。

「看吧。已經太遲了。」

「什麼啦。」

我當場壓低身體，拿起望遠鏡並窺看起來。可以看到樹木間的縫隙與前方的夜色。雖然不像鐸達能夠看透黑暗，不過總算靠著散落到地面的火把來看到一些東西。

然後就知道「太遲了」的意思。

（看這些異形幹了什麼好事。）

看見總數大約是兩百名左右的士兵。他們應該是游擊隊吧。

但這麼一大群人，現在不是已經變成屍體，就是馬上要失去生命。

可以看見試圖使用武器戰鬥的痕跡。但握在死去士兵手上的劍已經折斷，目前正被巨大青蛙般怪物——異形咬碎。我看見的時候，那個傢伙正直接連同手臂一起被咬斷。

這種異形被稱為「胡亞」。是青蛙受到魔王現象影響後變成怪物的存在。體高跟成年的人類差不多，擁有優秀的機動力。

「嘰……」「嘰咿……」「嘰嘰咿……」

那些傢伙異常的叫聲響徹在黑暗之中。猙獰的目光正在跳動。

聖騎士團的游擊隊受到這群異形的蹂躪。有隻異形咬著士兵的腳，把半陷入瘋狂狀態大叫著的他到處甩動。也有異形撲向舉著盾牌保護自己的士兵，將其壓倒後直接把頭咬碎。

這時已經是無法好好迎擊的狀態。鮮血、肉塊與泥土在他們腳底下彈跳。

「不……不行了，賽羅。」

鐸達以完全沒有血色的臉這麼說道。

「快逃吧！找地方躲起來避一避！那些傢伙已經來到這裡了。」

「那些傢伙的進軍確實很快。」

聖騎士團的游擊隊發現遭遇敵人後一轉眼就潰滅。應該已經警戒敵人的奇襲了，卻還是如此輕易就落敗。這就代表這群傢伙是具備優秀機動力的大軍。

「但不是所有人都死了。鐸達，要去救他們了。」

「咦咦！」

鐸達瞪大眼睛看著我。那是看見超級大笨蛋的眼神。

「就說絕對沒救了。」

「還有人在苦撐。」

大概不滿二十個人。有一群組成圓陣，試圖迎擊胡亞的傢伙。

「去救那些傢伙，讓他們成為同伴才是上策吧。」

「才不是什麼上策哩！」

「笨蛋，聽我說。這次任務是要讓過半數的騎士團脫離吧。既然如此，能夠多救一個人就能提升成功率。而且……」

「而且？」

「差不多想盡情享受暴力了。」

我試著笑了一下。有這麼多理由應該很充分了吧。

「要戰鬥了，拯救那些傢伙吧。」

「——戰……戰鬥。」

這句突然聽見的反問，讓我感到戰慄。那不是鐸達的聲音。

雖然斷斷續續。不過是用手指輕彈薄薄鋼片般的聲音。

我這時候才注意到。棺材的蓋子打開了。「女神」從裡面撐起上半身。而且還睜開了眼睛——她的眼裡閃爍著火焰色光芒，像射擊一樣看著我。

「戰鬥。拯、救……原來如此。」

「女神」像呻吟般這麼呢喃，接著悠然起身。

「很棒的、發言。看來、你就是我的、騎士。」

她一字一句清楚地分出段落來發言。

黃金色頭髮邊爆出火花邊隨風搖曳。火焰色眼睛移動，像瞪人一樣從頭到腳打量著我。接著微微皺眉，幾秒鐘後就點頭表示：

「好吧。」

發音逐漸變得順暢。

「可以算及格了。」

「妳說什麼？」

「讓我們開始戰鬥吧。而且是為了拯救他人的戰鬥。身為『女神』，我保證你將會獲勝。因此——」

「女神」撩起金髮。強烈的火花四散。

「成功殲滅敵人時，要稱讚我，並且摸摸我的頭哦。」

「女神」。她們存在各式各樣的類型與個性。

但唯有一個不論任何「女神」都相同的項目。也就是戰鬥方面的強烈的自尊心以及認同慾望。我很清楚這一點。因為我曾經運用過「女神」。

「……鐸達。」

我的手臂繞過身邊矮小男性的脖子，然後用力勒緊。

「這次真的如你所說。可能一切都完蛋了。」

「咕咿咿咿……咦？什麼，真的是這樣嗎？」

「沒錯。」

而且這一切的原因都出在鐸達身上，我的手臂開始用力。

「這傢伙是真正的『女神』。而且——大概是仍未起動的第十三號『女神』。」

刑罰：庫本吉森林撤退支援 2

據說人類與魔王現象從很久以前就重複著斷斷續續的戰鬥。

回溯歷史，從太古時代最初的戰役開始算起的話，目前是第四次。所以被稱為「第四次魔王討伐」。

這第四次魔王討伐中，最先被確認的一隻魔王是在二十多年前出現。

據說是在遙遠的西方，開拓區域的深山裡頭。

魔王現象一號，稱號是「蟒蛇」。

事情是從開拓村的人們傳出「看見超級大蛇」的謠言開始。以大蛇出現為契機，開始出現極為荒唐的狀況。不只是人類遭到襲擊而已。

森林的樹木扭曲，小動物與昆蟲變成怪物的樣子，土地開始腐爛。被蛇咬到的人變成屍體後又爬起來，並且開始襲擊山腳下的聚落。

這些報告一開始只被認為是怪談，或者鄉下人的無稽之談。即使是伐庫魯開拓公社發行的報紙，也只把它們當成這種程度的事態。認為好幾個村莊毀滅了不過是經過誇大的狀況。

第三次魔王討伐至少是四百年前以上的事情，有許多人已經不認為那是事實了。魔王現象已經被當成只存在於吟遊詩人或者說書人口中過去的故事裡面。

所以一開始的對應就失了先機。

等出現許多受害的案例，聖騎士團出動也只能以焦土印將整座山轟飛——雖然傳出這樣的消息，但畢竟只是鄉下發生的事情。也有人笑著表示不過是經過誇大的傳聞。

當知道一切全都是現實時已經太遲了。各地不斷出現魔王現象，一轉眼間就擴散開來。

就這樣，人類失去一半生活的區域並且一直延續到今天。

◆

我在黑暗深處看見了飛行般跳躍的影子。

這種被稱為胡亞的異形會採取這種具特徵的移動手段，性格則極為凶猛。

說起來那些傢伙——異形的共通特徵之一，就是具備無條件攻擊其他生命體的凶暴性格。

理由則不是很清楚。據神殿的學士所說，牠們就像是生物所作的惡夢一樣。雖然是完全無法理解的說明，但那些傢伙的外表與生態，大致上就跟惡夢沒有什麼不同。

因此只能迅速加以驅除。

在眼前受到襲擊的聖騎士團殘存者全滅之前。

（沒錯，忘掉什麼「女神」吧，別在意了。）

得集中精神在必須做的事情，也就是戰鬥上。

「鐸達！」

我從腰帶抽出一柄小刀，以右手握住後，感覺到手掌的聖印開始發熱。接著力量流進刀刃。

「核對方向與距離。最密集的地方是哪裡？我轟到那裡來吸引注意。」

「雖然不是很願意……」

鐸達雖然露出有些膽怯的表情，但我不加理會。

戰鬥方式早就決定好了。既然是要支援撤退，就需要盡量大鬧一番來吸引敵人的注意力。

「十點鐘方向，大概往九點鐘方向靠一根手指的距離。」

鐸達窺看著望遠鏡的鏡頭，呻吟般這麼說道。

「距離大概是三十七步吧？那裡是最密集的地方。」

鐸達的夜視能力還算不錯，這項技藝靠的不單是視力。

應該說，他具有異常敏銳的第六感。雖然僅限於對手是生物時，但因為膽小，所以對於其他人的氣息極為敏感。他能以驚人的準確度來測量與對象物之間的距離。

「……嗯。這樣啊。」

好不容易才快要忘記，卻又傳出聲音。那是「女神」的聲音。

「那邊那位一臉寒酸的先生視力也很不錯呢。」

她對鐸達做出了相當失禮的發言。接著就走到我面前。

「那麼，吾之騎士。要戰鬥對吧。要以什麼樣的戰術上戰場呢？」

「咦咦？賽羅，那個，這女孩是？」

「噢，沒有啦……」

連鐸達都以感到困惑的表情看著我，讓我不知道該如何回答。對方是「女神」。必須得注意用詞遣字才行。

「面對那種程度的傢伙……沒錯……」

不能隨便使用「女神」的力量。我很清楚這件事情。

「怎麼敢借用『女神』大人偉大……偉大的力量。您就在這裡……那個……守護我們吧。」

「哎呀，真是彬彬有禮。」

「女神」明顯露出開心的表情。

「不用如此客氣。好了，現在立刻倚賴我吧。就讓你看看我偉大的力量。」

「錯了，這不是客氣——」

我原本打算尋找更加明確的拒絕言詞，但狀況不允許我這麼做。

「賽羅，真的很不妙。」

鐸達這次以膽怯的聲音叫著我的名字。

「有怪物注意到我們了！」

「可惡。」

我咒罵了一句。放馬過來吧。

「怎麼辦，賽羅？」

「沒問題啦。」

我舉起小刀，揮動手臂把它投擲出去。

小刀像弓箭一樣筆直地飛出去。傳出撕裂空氣的「嗶咿」聲響——然後著彈。用著彈兩個字絕對沒有問題。

微暗的空間深處一瞬間出現閃光。

接著是破裂聲。

龐大的熱量得到解放。樹木、土壤、岩石連同眾胡亞的身體被混在一起轟飛。甚至連這裡都能感覺到風壓。其實我已經調節過威力了。

一認真起來，甚至能發揮一擊就轟掉一間小房子的威力。剛才那記攻擊已經把破壞半徑縮小成最多只能粉碎馬車的程度。

這不是小刀的力量，是我手掌上聖印的機關。在上一個職場所使用的賺錢工具。被處以勇者刑時，幾乎所有聖印的機能都被封印了，最後只留了兩個給我。其中一個就是剛才的力量。

這個聖印的製品名稱是「薩提・芬德」。

在古老王國的語言是「巨大糖球」的意思——它是熱與光的聖印。屬於對魔王現象的武裝之一，現在這個時間點算是最先進的武器吧。讓聖印之力滲透到物體內，將其變為破壞兵器。

就像是強化過威力的投擲式爆竹。

「吸引敵人的注意了。到這裡都按照計畫進行。」

我裝出冷靜的模樣這麼說道。這是因為慌張的話鐸達就會逃走。

「真……真的按照計畫？」

「我說按照計畫就是按照計畫。」

可以知道受到轟炸的胡亞們陷入混亂狀態了。突然遭受襲擊，不知道如何判定我們的威脅度。已經把警戒心從組成圓陣的士兵那裡轉移到我們身上。

這時回瞪那些傢伙的我已經跑了起來。接著從斜坡滑下去。

「鐸達，你先開始射擊。射擊完就跑起來。別遲到啊！把『女神』大人也帶過來！」

聽見我的話後，鐸達就從腰帶抽出短杖。然後把它舉到眼睛的高度。

「我快吐了……」

鐸達一邊抱怨，一邊在握住短杖的手上施力。短杖上刻著聖印。

這種武器被稱為雷杖。

聖印的製品名是「希爾喀」。它是由伐庫魯開拓公社所開發的古老機種。可以藉由聖印來發射雷光。是以難以迴避與防禦的遠距離攻擊這樣的名目作為賣點。由於需要相當的熟練度才能設定射出時的射線與焦點，所以有效性只能算是比弩箭還好一點。

鐸達並非使用這種武器的名手。

即使眼力相當好對於氣息十分敏感，但卻欠缺最重要的控制聖印的資質。不過就算是這樣，還是能根據狀況派上用場。比方說，遇到以超多數量襲擊過來的異形時。

「——啊！打中了。」

鐸達很開心般這麼說道。

雷杖前端發射出閃電，並且傳出金屬碎裂般的聲音。同一時間，一隻胡亞的頭部就變成肉片並遭到轟飛。不過也因此而有更多異形把注意力轉移到我們身上。

「賽羅，我打中了喲！」

「數量這麼多的話沒打中還比較困難吧。就這樣繼續支援我！打中我的話就把你揍飛！」

我像是在樹木之間鑽動般跑了起來。

接著衝進胡亞群裡面。

「礙事。」

丟出這麼一句話後，隨即踏入血、肉以及泥土的領域當中。起動聖印並發射小刀。把兩隻胡亞一起轟飛。這可是比自報姓名更有引起注意的效果。然後又是炫目的閃光。爆破、刺耳的怪物悲鳴——再加上鐸達的抱怨。

「那個，抱歉。為了不擊中賽羅，我必須花費很多心思而且很困難……」

虧你竟然敢說出這樣的抱怨。打得中的話你就打打看啊，鐸達根本沒有如此高明的技術。

「別管了，開火就對了。別停手。連續開火射擊！」

他應該能聽見我這樣的命令。

又有好幾道閃電從旁邊經過，我也邊跑邊發射小刀。像這樣連續粉碎怪物的話，要把牠們全部收拾掉不會花太久的時間。我踢著燒焦怪物的碎片，並且對殘活下來的士兵們搭話。

「喂！還活著吧？」

好不容易圍成圓陣來應戰的他們，這時數量變得更少了。剩下大概十個人左右吧。

「你是……」

其中的一個人——仍相當年輕，甚至看起來還只是少年的士兵看著我。不對，正確來說應該是看著我脖子上的聖印吧。

「……懲罰勇者？為什麼會在這裡……」

得救的安心感與對方是懲罰勇者的事實讓他完全陷入混亂狀態。

但沒時間跟他解釋了。我數了一下小刀剩下的數量。雖然擋下第一波攻擊，但下一群馬上就會過來了吧。絕對不可能抵抗所有的怪物。要解決眼前的困境，就只有逃走這個辦法——

「……不要管我們。」

少年般的士兵以憎恨的表情這麼說道。他正用肩膀扛著受傷後明顯失去意識的戰友。他本人也相當疲憊，淪落到必須以長槍來作為拐杖的狀態。

「被懲罰勇者拯救將會損及名譽……！」

「什麼？咦咦？」

感到困惑的鐸達回頭看著我。

「我們現在應該是要受到隆重感謝的狀況吧？不是嗎？」

鐸達說的一點都沒錯——雖然不至於這麼認為，但內心也無法接受對方的態度。好不容易才救了他們，卻大放厥詞說什麼「別管我們」。沒錯，按照他們所說的丟下他們直接逃走確實很簡單。只要讓這些傢伙當誘餌，我們突圍離開就可以了。但是……

「——我知道哦，吾之騎士。」

曾幾何時，「女神」已經站在我旁邊。

雖然呼吸有些急促，但她沒有被拋下，確實地跟在我們身邊。在這種狀態下，她優雅地撥開額頭上的一撮金髮。

「怎麼可能捨棄他們自己逃跑呢。對吧？這裡就交給我吧。那種程度的寒酸異形，直接將牠們一網打盡吧。」

「等等，這件事情，那個……」

我開始尋找有沒有什麼拒絕她的理由。使用「女神」的力量是很糟糕的一件事。現在還來得及。可以悄悄把她還給騎士團。一旦使用了力量就無法挽回了。

只要能撐過現在就可以了，必須找到理由才行。

「等……等一下！」

在我拚命思考的期間，其中一名士兵發出驚慌的聲音。他的眼睛正看著「女神」。

「到底是怎麼回事？那頭金髮、那雙眼睛，難道說……」

被發現了嗎。看來對方還是注意到了。

「為什麼你們會帶著那位大人！你們到底做了什麼？」

「別……別這樣，現在不是起內鬨的時候了吧！更重要的是賽羅！」

鐸達發出巨大聲音打斷了對方。大概是為了不讓對方追究自己竊盜的罪責吧。

「下一波要來了。已經注意到我們了。得想辦法才行啊！」

「說得也是。」

光靠鐸達隨便的射擊，牽制力實在過於貧弱。好不容易救出的士兵，全都處於受傷且疲憊不堪的狀態，無法期待他們能發揮戰力。結果雖然擔心小刀剩餘的數量，也只能靠我來想辦法了。

「『女神』大人，總之這裡不用擔心。我能自己能想辦法——」

我一邊制止「女神」，一邊準備拔出另一把小刀。

這個時候，又有別的問題出現了。

「——賽羅！鐸達！」

耳邊可以聽見悲鳴聲。

足以讓耳膜麻痺的尖銳聲響。我跟鐸達都認識能發出這種聲音的傢伙。所以忍不住就用手摀住了耳朵。

雖然知道這麼做也沒有用，但就是會忍不住。刻畫在脖子上的勇者聖印，讓這道聲音傳進耳裡——它具備了遠距離通話的力量。我們無法從這種令人憎惡的連帶關係中逃跑。

「請聽我說，大事不好了！事情變得很糟糕，真的很糟糕。」

這麼說的是我們名義上的「指揮官」。

除了是政治犯兼詐騙犯外，還膽小又沒用的貝涅提姆・雷歐布魯。才剛浮現這傢伙偶爾也會聯絡的念頭，結果又跟鐸達一樣，總是只會做出「事情非常不妙」的報告。內容通常是來自於上層的狗屁般命令，或者是狀況的惡化。

「糟糕到可能一切都要完蛋了的地步。賽羅，你現在有空嗎？」

「沒空啦！」

我丟出這句話，同時握住小刀。把聖印的力量灌注到上面——揮動手臂把它投擲出去。爆炸聲響起。胡亞們充滿彈性的身體被轟飛。首先以這記攻擊擊潰發現我們的先鋒。藉此來爭取一些時間。

「你沒聽見剛才的聲音嗎？啊？你覺得這樣還會有空嗎？」

「感覺是沒有。但這件事我要是不說的話，賽羅你之後一定會生氣。」

「生氣啊。就算你現在說我也會生氣！到底什麼事啦！」

「聖騎士團行動了。」

「那真是太好了！立刻要開始撤退了嗎？像這種小事情的報告——」

「不是，是朝著魔王現象前進。」

一瞬間無法相信自己的耳朵，於是重問了一遍。

「你剛才說什麼？」

「在那邊的森林裡重整態勢的聖騎士團諸成員，對著魔王現象展開戰線了。說什麼要在這裡阻止魔王現象的進軍。」

「……為什麼？」

「那種事我怎麼會知道。」

接著貝涅提姆就發出窩囊的笑聲。

「雙方馬上就要激烈衝突了……怎麼辦才好呢？」

很想說聲「誰知道啊」。

作戰內容沒有傳達給聖騎士團知道嗎？還是雖然知道仍然無視命令？

我所知道的聖騎士團，再怎麼不濟也是軍事方面的專家。像這種時候應該把勇者部隊當成棄子，立刻脫離戰線才是固定的做法。

「喂！」

我似乎已經沒有繼續站著的力氣，於是對旁邊的士兵發出怒吼。

「你們的指揮官在想什麼？原本就是這樣的計畫嗎？」

「……沒錯。」

最年少的士兵像是光要發出聲音就相當辛苦般這麼回答。

「我們根本不相信懲罰勇者能支援我們撤退。而且基維亞團長……我們聖騎士團相當重視名譽。因此是帶著報一箭之仇的心情——」

「你們是笨蛋嗎？」

我頓時浮現想把他們一個一個踹飛的心情，但沒有這種時間了。不論如何，現在這個瞬間，我原本思考的計畫已經發出聲音崩潰了。

只要支援聖騎士團撤退的命令仍存在，那些傢伙一直待在森林裡的話我們會很困擾。絕對不能讓他們跟魔王現象的怪物群正面衝突。這樣下去我們會死得很慘，聖騎士團也會受到將近全滅的損失吧。

因為他們預定要拿來作為王牌的「女神」現在在這裡。

（開什麼玩笑啊。）

事到如今，只剩下唯一一個辦法了。聖騎士團不撤退的話，度過眼前難關的方法已經——

「賽羅。」

鐸達露出快哭出來的表情。

「怎麼辦？」

我依然保持沉默，直接看向鐸達與他身後大約十名左右的士兵。他們全都受傷而且疲憊不堪。以絕望但不知為何又帶著某種求助般的表情看著我們。

實在是群討人厭的傢伙。同時也是剛剛才遇見的一群陌生人。

我心裡想著「早知道就不來這種地方了」。

「……『女神』大人。」

「嗯，什麼事？」

我把視線移過去後，「女神」就帶著滿臉笑容這麼回答。

「果然還是需要我的力量吧，吾之騎士？反擊的時間到了吧？」

「嗯……沒錯……就是這樣。對了，開始反擊。」

她沒有聽見我跟貝涅提姆的對話，仍處於誤會的狀態中。不知道我們還有我是什麼人。也就是說我將會欺騙她。但就算是這樣……

「希望『女神』大人把力量借給我。」

我堅定地說道。

「改變作戰計畫了，鐸達。接下來我們要打倒魔王。」

「咦咦？你是認真的嗎？敵人的數量大概有五千哦，你覺得能獲勝？」

「真是沒禮貌。那是當然了。因為有我出借力量啊。」

「女神」優雅地行了個禮。

「那麼吾之騎士，提出訂契約的代價吧。」

「……我知道。」

我拔出小刀，用刀刃劃傷自己的右手。血液隨著銳利的疼痛感湧出。

這正是跟「女神」締結契約的方法。身為使用者的騎士必須提出自己身體的一部分當成契約的證明。接著交換宣誓。一對一的契約——持續到某一方死亡為止。

這樣女神才能夠為了人類發揮力量。

「拜託。請救救我們吧。」

「那麼，你願意發誓，作為吾之騎士來證明己身是偉大的存在嗎？」

「我發誓。」

我毫不猶豫地說道。

不對，我說謊了。其實有些猶豫，不過是在發完誓之後。心裡想著「真的說出口了」。

「那好吧。」

即使如此，「女神」還是很開心般把嘴唇靠近我手上的傷口。

「我很樂意接受你的誓約。」

從她那像是人偶般姣好的容貌來看，我猜測她的嘴唇或許也是宛如堅硬玻璃的感觸。但結果並非如此。柔軟、光滑的嘴唇觸碰到傷口。

感覺腦袋深處像是點起了一把火。彷彿取回自己許久沒有使用——或者是忘記了的一部分。可以理解「女神」正在微笑。接著她的全身發出更耀眼的光芒。

（這下真的糟了。）

我一瞬間閉上眼睛。火花在眼瞼底下的黑暗中爆開。有種內心深處某扇門被打開來的感觸。

這就是完成「連結」的證明。我很清楚，事到如今已經無法回頭了。

這個時候真可以說是無法挽回的第一步。

就這樣，我再次犧牲了自己的人生。

「女神」即是兵器。

活生生的兵器。

根據歷史書籍，她們是在過去第一次魔王討伐的時候，被稱為大文明的時代降臨到這個世界。之後經過幾千年的時間，總是會因應魔王現象的出現而甦醒，任務結束後就再次回到棺材裡沉睡。不知道是什麼樣的原理，似乎會喪失大部分沉睡前的記憶，只有身為世界與人類守護者這一點是絕對不會改變。

她們擁有的機能是從某處叫出——亦即召喚出對抗魔王現象的「某種東西」。神殿的學士表示，「女神」就是某種「門」。

每個「女神」的性質都不一樣。除了有召喚人類的「女神」之外，也有能召喚雷電或者狂風等自然現象的女神。另外似乎也有能呼喚出未來光景並做出預知的「女神」。

要運用這些「女神」時，不需要什麼操作手冊或者說明書。只要是締結契約的聖騎士，就能理解那個「女神」要如何稱呼，以及她所能辦到的機能。

這個時候，我立刻就理解了。

「泰奧莉塔？」

啜著我鮮血的金髮少女，就是有著這個名字的「女神」。

「是的。吾之騎士……」

泰奧莉塔爆散出火花並且撩起頭髮。

「賽羅。」

她也理解我的名字了。

「你希望得到什麼樣的祝福呢？」

泰奧莉塔這麼詢問時，我從她火焰般的眼睛深處看見了鋼鐵的光芒。

是劍。取之不盡般無數的鋼鐵之刃——名劍、魔劍、寶劍、聖劍。全都在虛空的另一端等待著召喚。

「請祈禱吧。」

劍之「女神」，泰奧莉塔。

只要理解這一點就夠了。我清楚地知道她能夠召喚出什麼。

「柵欄。」

我簡短地這麼說道。

應該採取什麼戰術、彼此能辦到什麼事情。我跟泰奧莉塔共同享有無法稱為意志的某種單純感覺，真要說的話大概就像是印象般的東西。我也熟悉這樣的感覺。正是因為能辦到這一點，

「女神」才會是人類的王牌。

只能召喚強力的存在根本不算什麼。因為能與擁有軍事長才者共有、運用這種能力才能成為王牌。

「看你幹了什麼好事……！」

聖騎士的其中一人——少年般的士兵開始責怪我。或許應該說嘆息吧。總之他露出絕望的表情。還有體力的話，說不定已經撲過來抓住我了。

「看你幹了什麼好事！竟然敢跟『女神』大人訂下契約。」

「給我閉嘴。只有這個辦法了。」

我死掉後還能復活，但這些傢伙就沒辦法了。士兵們全都勞困疲憊，根本沒有戰鬥能力。最重要的是，現在完全不是評價我的行動是對還是錯的時候。

「賽羅！下……下……下一波！下一波來了！」

「我知道。」

鐸達再次舉起雷杖大叫著。

正如他所說的，胡亞們已經迫近到眼前。漆黑、充滿彈性的青蛙身體呈波浪狀擺動，像泥巴海嘯般往這邊殺至。

「好像變得比剛才那些傢伙還要凶暴啊？怎麼辦！可能會死！」

「笨蛋，哪能死在這裡。」

我說出理所當然的發言，然後用手指著湧至的胡亞們。

「泰奧莉塔！盡情發揮吧，在這裡把牠們趕回去！」

「在這裡把牠們趕回去。真是句好話。」

泰奧莉塔很開心般露出微笑，一隻手像在撫摸虛空一樣動了起來。

「很符合吾之騎士的身分。我很樂意給予你祝福。」

「喀」一聲撕裂空氣般的聲音響起。

這個瞬間，白銀之雨從天空降下——原來是數百把劍。

即使在黑暗當中也會自己發出光芒的劍刃群。它們掩蓋視界，炫目的程度甚至讓人感覺眼睛深處被燒焦了。

一瞬間降下這麼多數量的鋼刃的話，根本就無從躲避。它們毫不留情地一起貫穿眾胡亞的身軀。強烈的切斷聲與刺耳的悲鳴合唱產生連鎖。降下來的劍插入地面，直接變成分隔我們跟胡亞的境界線。

就跟我要求的一模一樣。這一大堆劍形成了防禦柵欄。胡亞的數量也減少到剩下不到一半。

「嗚哇，好厲害……！」

鐸達繃起臉來並且捏住鼻子。因為地面上的胡亞冒出混濁的體液，開始升起強烈的惡臭。

「這就是所謂的『女神』嗎？很強耶……！」

「沒錯。我們也沒空摸魚了。鐸達，開火！」

我一邊發出怒吼一邊跑向劍形成的柵欄。

「別讓牠們靠近。要徹底加以擊潰。」

拔起一把插在地上的劍。以右手握住並且舉起——在上一個職場已經徹底鍛鍊過投擲長槍與劍的技術。

讓力量浸透到物體後再使用，這是運用聖印的戰術。就我個人來說，大約二三十步的距離是不可能會失手。扭動腰部讓上下半身連動，接著把劍投擲出去。

丟出去的劍在眾胡亞的正中央發出閃光然後爆炸。爆炸又捲入數隻胡亞將其轟飛，把牠們的集團一網打盡。

血液、泥土與胡亞的肉片混在一起，讓周圍的慘狀更加惡化。

「嗚嗯……因為跟剛才不同的原因又想吐了。」

鐸達也以雷杖開始射擊。雖然極為蹩腳，根本不太能停下異形的腳步，但是卻沒有受到反擊，這全是因為劍的柵欄變成了遮蔽物。想要跳過來的傢伙都被我用單手轟落。

如此一來就有傢伙開始逃走了。那些傢伙似乎也知道我們這邊的戰力有了巨大的變化。

「不……不要緊了嗎？這樣可以暫時安心了吧？」

「是沒錯啦，不過鐸達，你射擊的技術真的很差勁。後半完全沒有命中目標耶。」

「嘿嘿。那個……其實我不喜歡傷害別人。」

「說什麼蠢話。你也幹過強闖民宅的強盜吧。那時應該傷過人了吧。」

「雖然不喜歡，但那時候真的很努力。希望能稱讚我一下……」

雖然跟努不努力無關，但提及鐸達的精神狀態實在很愚蠢，所以我選擇閉嘴。

胡亞們漸漸逃走。應該可以視為度過危機了吧。鐸達一屁股坐到地上，反覆著急促的呼吸。他是個徹頭徹尾的膽小鬼。

「──怎麼樣啊，吾之騎士？」

「女神」泰奧莉塔在我眼前挺起胸膛。即使再次端詳，她的個子依然很矮小。大概只到我的胸口。

「被我的祝福感動了嗎？這份消滅諸異形，守護你們的偉大力量……我允許你盡情地讚賞以及崇拜。」

雖然是極為傲慢的說法，但她的外表跟小孩子沒兩樣。眼睛閃爍著火焰的顏色。就像期待什麼似的，把頭往我這邊伸。

「賽羅，我說了允許你讚賞與崇拜哦。」

我很清楚她的言外之意。腦袋裡的印象傳遞了過來。

「撫摸我的頭，確實說出我究竟有多偉大吧。」

她想說的就是這個。摸我的頭並且對我說「了不起」。

（但這麼做實在──）

我感到猶豫。因為那太變態了。

她們能從他人的稱讚中得到最大的滿足。知道這一點的人類就是藉此來利用她們。不過她們確實需要那個——也就是來自他人的讚賞。沒有那個的話，她們甚至可能活不下去。

但到了這個時候，我還有資格這麼做嗎？這不算是極度偽善的行為嗎？

「啊。賽羅還有鐸達，你們還活著嗎？」

當我準備伸出手時，耳邊再次聽見令人不愉快的聲音。

是我們的「指揮官」貝涅提姆。

「為什麼你好像有點驚訝。」

「對啊，完全一副事不關己的樣子！貝涅提姆偶爾也應該來前線。」

我跟鐸達難得會意見一致。貝涅提姆則像是有些膽怯。

「這……這個嘛，我很了解兩位的辛勞，我會考慮的。」

「只會信口開河。你是在開玩笑嗎？」

「就連我都知道那是在說謊……」

「哈哈哈。哎呀，現在先別管那個了。」

最後竟然用諂媚的笑聲來強行轉移話題。這傢伙太誇張了。

「關於我剛才那個話題的後續。你們兩個接下來有什麼打算？必須去拯救騎士團的眾人才行……全滅的話我們不就慘了嗎？」

真不知道他為什麼能說得好像完全不關自己的事一樣。這讓鐸達發出了低吼。

「你在說什麼啊。我們立刻就要逃走了。聖騎士團擅自跑去戰鬥不關我們的事。」

「是這樣沒錯。但可別忘嘍？過半數的聖騎士團成員陣亡的話，兩位也會死亡哦。復活之後不知道會不會又遭到火刑……我想那大概會很痛苦哦……」

「嗚嗚……」

鐸達抱著頭看向我。

「怎麼辦，賽羅？」

「為何露出那麼丟臉的表情！有什麼煩惱的事情嗎？」

泰奧莉塔似乎從對話的片斷裡了解大致上的狀況。她以責難的眼神瞪著鐸達。然後把手指伸到他眼前。

「沒有必要逃走。馬上趕赴下一個戰場。我沒說錯吧，吾之騎士？」

「我知道你們要說什麼了，兩個人都暫且閉上嘴巴！」

兩個人像這樣單方面大聲嚷嚷，讓我無法好好地整理思緒。我深吸了一口氣，首先思考著該如何讓貝涅提姆展開行動。

「貝涅提姆，不能試著去交涉看看嗎？這是你唯一的存在價值吧。」

「知道了，那我就試試看吧。請給我一點時間。」

「喂，別立刻就說謊哦。如此聽話的回答是怎麼回事！」

我立刻就看穿了貝涅提姆的謊言。

他是個說謊就像呼吸一樣自然的男人。我很了解貝涅提姆的想法，也很清楚他目前的狀況。貝涅提姆的頭銜是「指揮官」，而他也確實從森林外面進行指揮。而且是在王國刑務官的監視之下。

也就是說那個男人必須讓王國刑務官們相信——他是唯一能隨機應變來判斷戰況，並且操縱全是極惡之人的懲罰勇者部隊的存在，而他也一直都很成功。

「感覺有點不可靠，平常根本沒什麼用，但不知為何受到犯罪者們景仰的能人」。只能說真不愧是詐騙犯，實在很會營造出這樣的印象。難怪過去能夠欺騙王族，在差點將王城賣給馬戲團前才被逮捕。

其實貝涅提姆一點都不可靠，我們也完全沒有仰慕他。不論是平時還是緊急時刻，他除了那張嘴以外就派不上用場。剛才說了「知道了，那我就試試看吧」也不過是在演戲罷了。真的只是隨口答應我們而已。

高貴到讓人噁心的聖騎士團眾團員，既然做出重視狗屎般名譽而迎擊的魯莽舉動，貝涅提姆就擅自認為我們馬上就會死亡。

「請交給我吧，賽羅。我怎麼說也是大家的指揮官。偶爾也要展現帥氣的一面才行。」

「認為反正刑務官聽不見我們這邊的聲音就隨口胡謅嗎！」

「那抱歉，我先離開一下。」

「你這傢伙別開玩笑了，給我記住，之後看我怎麼——啊，先等一下。」

這個時候，我突然想到貝涅提姆總算可以幫上忙的事情了。

「聖騎士團呢？前進到什麼地方迎擊？」

「嗯……」

隔了一段較長的沉默。

大概不是現在才在調查，就是正在跟刑務官確認吧。真的很想說「這點小事，先掌握之後才來聯絡啦」。

「從那邊稍微往北，好像是在巴賽爾河沿岸的……呃……第二渡河地點展開陣形。有點遠耶。」

「一點都不遠啦。」

我再次感到傻眼。這傢伙連我們目前的所在位置都只知道個大概。不過，剛才的情報倒是有點用處。距離不遠也算是幸運。

這個時候，我還能有其他選項嗎？

既然認真努力也沒有用的話，就放棄拯救聖騎士團在這裡上吊自殺吧。因為是勇者，所以也能這麼做。雖說之後應該會被用殘忍的方式復活，但運氣好的話就能平安無事。

（——應該不可能吧。）

但不知道該不該說是我的壞習慣，內心總有覺得絕不可為的事情。嘆了一口放棄掙扎的氣後，我就朝背後看去。可以看見疲憊到極點，已經連說話的力氣都不剩的士兵們。

「你們有什麼打算？」

「——我們決定要跟基維亞團長一起戰死。」

最年輕的其中一名士兵搖搖晃晃地站了起來。

「必須跟他們會合才行。」

「放棄吧。過去只會拖累他們。是想讓他們邊戰鬥邊保護受傷的你們嗎？」

我刻意說出強烈的用詞遣字。早就習慣被人討厭了。

「直接從南邊離開。」

我們把攻擊游擊隊的異形趕回去了。再來只要我自己成為誘餌，並且以跟騎士團本隊會合作為目標。

「能夠抵達森林南端的話，就有監督我們的部隊在那裡。那個時候就幫我揍一個叫做貝涅提姆的傢伙。我接下來要去跟你們的指揮官好好地抱怨一番。」

「……無法相信。」

這名年輕士兵確實理解「前去好好抱怨一番」的意思。

「真的要支援我方的撤退嗎？」

「因為跟『女神』簽訂契約了啊。」

士兵們似乎都因為不知道該對我的發言抱持什麼感想而陷入混亂狀態。

也難怪他們會這樣。自己雖然得救了，但對方是懲罰勇者，而且還擅自跟「女神」簽訂契約。現在應該完全搞不清楚狀況了吧。
（沒想到又淪為必須做這種事的下場。）
我用力吸了一口氣，接著回頭看向鐸達。
「按照計畫進行。繼續作戰。」
「賽羅……」
鐸達露出非常不安的表情。
「為了慎重起見，我還是再問一次，真的要去打倒魔王嗎？認真的？」
「認真的。首先跟聖騎士團會合，防止那些傢伙潰敗。只剩下這個辦法了。」
「哎呀！」
率先有反應的是泰奧莉塔。她開心地拍著手說：
「不愧是吾之騎士！就是得這樣——實在太幸運了。你真是適合當我的信奉者。」
「我反對。」
鐸達以意興闌珊的模樣舉起手來。
「就算有『女神』大人的力量好了，要打倒魔王也不是那麼簡單。賽羅，你應該很不願意為了擅自開始戰鬥的聖騎士團而死吧——那個，因為你是——」
「正因為這樣。」
我也能理解鐸達想說的話。

我過去也是聖騎士團的成員。被從該處放逐後才變成這樣。我極度討厭聖騎士團——或許應該說他們背後的愚蠢貴族們。裡面也有設下陷阱讓我淪為這種下場的傢伙存在，我將來打算把他們全部宰掉。

只不過……

「我也不喜歡那些傢伙。但是呢，被人暗地裡說壞話，批評我是因為這個理由才捨棄他們會讓我更加火大。」

「我覺得那是你自我意識過剩，要說壞話就讓他們去說啊。」

「我無法忍耐。」

實在無法忍受被比我小心眼的傢伙們認為是心胸狹隘的人。

結果還是被這個壞習慣所害吧。我也有點自覺了。總之我就是不喜歡被人瞧不起——正因為這樣，才會受到這種懲罰。

「走吧。」

我踹了鐸達一腳，並且拔出一把插在現場的劍。

閃爍銀色光輝的銳利劍刃上沒有一絲暗沉之處。不愧是「女神」召喚出來的劍。

「聖騎士團被消滅的話我們也完了。」

刑罰：庫本吉森林撤退支援 4

當我們抵達時，戰鬥已經開始了。

乘著夜晚的涼風傳來大量人類的怒吼、吶喊聲，以及像是閃電般的轟然巨響。

「啊啊……開打了。已經太遲了吧？」

鐸達感到很憂鬱般這麼說道。

這傢伙似乎遲遲無法同意救出聖騎士團這件事。沿著巴賽爾河的陣地被火焚燒，黑煙竄上了夜空。

火焰照耀出令人懷念的白色甲冑。是聖騎士們。有的以雷杖射穿渡河靠近的異形，有的則是用長槍來迎擊。在射擊的號令下雷杖再次放出閃光，接著把諸異形的身體轟飛。

經常會發出巨響的應該是威力比步兵用雷杖更強的營設型大型雷杖吧。大概是伐庫魯開拓公社開發的迫擊印群。

那個與其說是雷杖，倒不如說是攻城槌還比較合適。它是組合起來使用的物品，目前被稱呼為「砲」。以種類來說是將刻畫聖印的實體彈投擲出去的兵器。它無法連射，而且由於聖印本身的蓄光量有一定的界限，所以彈數也受到限制，但還是具備一次把大量異形轟飛的威力。不論是威力與射程都優於我的聖印巨大糖球，也就是「薩提・芬德」。

總而言之，他們能撐到現在已經很了不起了。

沒有讓異形們靠近防衛線。可以看到士氣相當高的騎士們，在像是指揮官的人影號令之下一起發射出閃電。對於快被攻破的地點也能給予適切的援護。

（果然沒有認識的人嗎？）

而且隨風飄盪的藍色旗子上也繡著陌生的紋章。

平衡狀態下的大天秤家紋。為了幫作為後援者的貴族展現威信，聖騎士隊伍所高舉的紋章皆不相同。過去存在十二支隊伍的聖騎士團，我很清楚他們各自舉著什麼樣的紋章。

從跟過去的那些紋章都不一樣來看，這果然是一支新的部隊。受到我不認識的貴族所支援。

「女神」泰奧莉塔是第十三名新的「女神」。

終於開始覺得自己「幹下無法挽回的大錯」了。但不用說也知道，這一切全都是鐸達不好。

「賽羅，已經可以了吧？」

那傢伙悠閒地這麼表示。

「就算沒有我們，聖騎士團也可能撐得過去。他們很努力。」

「你在說什麼啊。你就沒有所謂的矜持嗎！」

泰奧莉塔嚴厲地斥責鐸達。

「拯救陷入困境的人們是最大的名譽。既然是我們的隨從，就應該高興地奮勇殺敵！最後再分享勝利的光榮！」

「跟勝利的光榮比起來，我比較想分享美食……還有金錢之類的……」

「竟然有這種人……實在不敢相信！吾之騎士，你確實地教育這名隨從了嗎？」

一路行軍至此，鐸達開始呼吸急促，但「女神」泰奧莉塔則是一派輕鬆。甚至像要表示「怎麼可能因為這點運動量就叫苦」般做出優雅的動作。

她純粹是在逞強。雖然具備從纖細少女外表實在無法想像的強健身軀，但「女神」也確實會感到疲勞。但我可沒蠢到直接說破這件事。

「我認為應該嚴格挑選隨從。他的幹勁與骨氣完全不足。」

看來泰奧莉塔似乎認為鐸達是「隨從」。「女神」經常會這樣。我則是不知道該如何回答。只能把意識集中在渡河地點的攻防戰上。

正如鐸達所說的，聖騎士團比想像中善戰。但不可能一直支撐下去。現在就有幾名士兵被闖出的異形啃咬而發出悲鳴。雙方的攻防極為猛烈，渡河地點的水面因為血而變成紅黑色。

「要趕快過去了。看來攻防開始已經經過一段時間。」

我已經躡手躡腳地走了起來。

「異形們應該會從其他方面繞過來才對。」

這是符合常理的戰鬥方式。異形們基本上都是笨蛋，只會做出符合動物本能的行為，但支配牠們的魔王就不一樣了。魔王擁有高度的智力，能採取戰術上的行動。

（如果我是魔王方的話——）

渡河地點在對方手裡，正面突破的話損失實在太大。像這種時候，就應該考慮繞到上游或者下游的渡河地點。必須組織游擊隊並且派遣到那邊。一般來說都會這麼做。

而聖騎士團已經沒有另組游擊隊來遏止對方這麼做的戰力。

我們剛才遭遇到那支幾乎快全滅的部隊原本應該就是負責這個工作吧。敵人的迂迴部隊雖然因為我們的介入而失敗了，但對方既然擁有壓倒性的兵力優勢，那應該也派出部隊到其他渡河地點了才對。

結論就是，必須趕快會合，執行具決定性的因應對策才行。

「那麼，鐸達——」

當我叫出名字時才注意到。

心裡頓時想著「不會吧」。在這種情況下竟然這麼做？認真的嗎？

「泰奧莉塔。那個傢伙呢？」

「咦？哎呀……？」

泰奧莉塔也驚訝地環視周圍。

看不見身影。真是個雜碎。竟然在這種時候逃走——不對，他每次都是這樣。不過他逃走的速度真是太快了。只能說讓人感到佩服。

然後最重要的是，地面上還掉落著一塊破布。

上面用墨水寫了一些字——「我自願當游擊隊，去聖騎士團那裡偷些可以賣錢的東西」。這時候心情已經不是無言可以形容了。之後被我找到一定要幹掉他。竟然率先證明我們懲罰勇者是完全不能信用的垃圾這個說法。

「那位隨從到哪去了？」

「……應該是想起有什麼急事吧。反正他也派不上什麼用場，不在也沒關係啦……倒是，泰奧莉塔。接下來需要妳的力量。」

「嗯。」

她的眼睛閃爍著火焰的光輝。看起來相當開心。

「最可靠的果然是我呢。你需要奇蹟的力量對吧？好好感謝我吧。」

「……是可以感謝妳啦，不過妳辦得到嗎？」

我刻意這麼問是有理由的。

「女神」也會感到疲憊。運動的話總是會面臨極限，使用召喚的奇蹟也會消耗體力。並非可以無限召喚。剛才已經召喚了那麼多的劍——應該相當疲累了才對。

「吾之騎士賽羅，你太沒禮貌了。」

她像是很生氣般噘起了嘴。那樣的表情完全是小孩子。

「我是劍之『女神』泰奧莉塔。為人類帶來奇蹟的守護者。有需求的話我就能給予。這正是我所有的意義。」

（別開玩笑了。）

其實很想這麼說。我討厭「女神」的這種地方。

她們是認真地打算為我們這些人類耗盡自己的生命。像這樣賭上性命，不過是想要得到人類的褒獎。我實在不想看到這樣的傢伙。

「因此，吾之騎士啊。盡量倚賴我沒有關係。」

泰奧莉塔很驕傲般這麼說道。能夠理解她也希望這樣的態度能獲得稱讚。但我心裡拒絕這麼做。事情哪有那麼簡單。

「我知道『女神』也有極限。」

我丟出這麼一句話。

「別做出戰鬥到死這種事。我不會因為這種事而稱讚妳。」

「你說什麼？」

當泰奧莉塔像是感到很驚訝般這麼說道時，那個時候就降臨了。

強硬的渡河攻擊。異形們的數量終於暫時超越河川沿岸的聖騎士團防衛力。防禦柵欄被不懼怕雷杖射擊而直衝過來的異形破壞。不論要進行什麼樣的對策，都得先止住這波攻勢才行。

「泰奧莉塔，我需要劍。從後面追上來吧。」

「——好的，吾之騎士。剛才的發言讓我有話想對你說就是了。」

我一開始奔跑，泰奧莉塔就優雅地撩起頭髮。

「不過就等勝利後再說吧。」

火花爆散。虛空產生扭曲，劍受到召喚。無數的劍從某個地方出現。

這次不只是從天空降下，也從地面長了出來。我把腳尖稍微放到其中一把劍上來作為踏板，然後順勢跳了起來。

像是在天空飛行般高高躍起。

我可以輕鬆跳起超越自己身高三倍的高度。而這就是我被允許使用的另一個聖印。

這個製品名為「薩卡拉」。飛翔印薩卡拉。在古老王國的語言裡，據說是某一種蜻蜓的意思。機能是——把強化基本身體能力集中在跳躍力上來提升效果。緩和物理法則的影響，雖然時間極為短暫，但可以辦到近似飛行的跳躍。

空戰。

這就是我所搭載的貝魯庫種雷擊印群的主要設計概念。來自上空的火力投射。因應飛行種類的異形。以及對魔王現象本體的機動攻擊。

困難的地方是，像這種超乎常軌的白刃戰需要相當的訓練。必須一邊進行空中機動，一邊實施高速且準確的攻擊。我就是這方面的專家。聯合王國裡大概只有寥寥幾名這樣的專家。

所以才能一邊飛翔一邊抓住泰奧莉塔召喚出來的劍。接著以往下揮落的動作，將滲透「薩提．芬德」——爆炸聖印之力的劍投出。

目標是在河岸、淺灘蠢動的胡亞們。當然我不可能失手。

胡亞群的中心產生爆炸。熱量與光芒閃動，胡亞們的肉隨即被炸開。河面破碎並且飛濺出水花。可以知道異形們立刻陷入混亂之中。我在牠們中央著地，再抓住另一把劍揮舞起來。

我舞劍的目的並不是為了斬擊。是為了以「薩提．芬德」聖印來進行轟炸。

（敵人的數量太多了。先減少一些吧。）

袈裟斬一閃而過。被劍刃觸碰到的部分炸開接著碎裂。

從天而降的無數把劍也持續奪走異形的生命。試著正面迎擊的胡亞被刺穿，整個被釘在地上。立刻準備迴避的傢伙則是撞到同伴或是跌倒。

我從水裡跳起往該處衝。揮劍把異形轟飛。

「泰奧莉塔！」

我再次提出需要劍的要求。異形們開始反擊。單純的突進——是以後方的泰奧莉塔為目標的行動。我的手從空中抓下召喚出來的劍，立即投出引起爆炸。接著是悲鳴與水蒸氣。

（下一個。）

我邊旋轉身體邊尋找下一個敵人。捕捉到下一個獵物隨即躍起，舉劍向前砍殺。水花、血沫與肉片隨著我的動作混雜在一起。

（下一個。）

重要的是不停下動作。這就是訣竅。

「——怎麼樣啊，喂！」

我對胡亞們發出怒吼。這表示我在心態上多少從容了一些。這時我吸了一口氣。

「這樣就結束的話就太輕鬆了！」

當我斬飛一隻背對我的異形時，才發現周圍已經沒有敵人。全都撤退了。

這下就完全阻止差點咬破聖騎士團防衛線的異形大群了。我想這應該是極為顯眼的闖入行動。此時聖騎士團那群人也注意到我了。

注意到我跟「女神」泰奧莉塔。

他們當然陷入極為困惑的狀況之中。我則是因為水、血以及肉片而黏糊糊地弄濕了全身。

（這種時候該如何向對方搭話——）

我看向騎士團裡身上鎧甲磨得特別光亮的一個人。騎在看來相當聰明的馬上，帶著旗手的人物。這傢伙大概就是指揮官了。

「——你是什麼人？」

像是指揮官的人物發出帶著極度警戒的聲音。

看來是位女性。頭盔的面罩彈起之後就能清楚辨認出來。對方有著黑髮與銳利的目光。過去的時代也就算了，目前女性軍人已經不算稀有。因為能夠依靠聖印來彌補身體能力。

而且不僅限於軍事領域，男女之間的差異已經因為聖印的發展而逐漸減少。

「來者何人！報上所屬與姓名來！」

女性指揮官如此重複著。

眼神像要貫穿瞪著的對手一樣。如此銳利的目光游移，最後停到站在我背後的泰奧莉塔身上，結果混亂的情緒就變得更加濃厚。

「在……在那裡的不就是我們的『女神』嗎！為什麼會醒過來了呢！」

我能理解她想如此大叫的心情。我要是站在她的立場，也會完全搞不清楚狀況。只不過，現在不是說明這些事情的時候了，而且就算說明狀況也不會有所改變。

目前是事關眾人性命的時刻。

「先別管那個了。」

我丟出這句話來做出結論，接著又從地面拔出另一把劍。

「雖然是滿頭霧水的狀況，不過這全是鐸達害的。那傢伙是足以在歷史上留名的大盜哦。」

「等等。不對，等等。到底是怎麼回事？鐸達？聽……聽不懂你在說什麼。」

女性指揮官試著要阻止我繼續發言。

「快點說明！你究竟是什麼人，目前到底是什麼狀況。為什麼『女神』會——」

「我想現在大概不是說明的時候。」

我用劍指著河川的對岸。

感覺有更加深沉的夜色橫跨在該處。

「魔王接近了。」

「這我知道！但是——」

「我是勇者，接下來要幹掉魔王。」

這個發言讓女指揮官沉默了下來。或許混亂的狀況真正超乎她所能容許的範圍了吧。

「現在就要開始這樣的工作。不想死的話就幫忙。」

——世界上似乎有所謂合乎禮儀的說話方式。我也是最近才開始學習，但是卻完全學不來。

感覺我也總是因此而得背黑鍋。

刑罰：庫本吉森林撤退支援 5

女性指揮官名字似乎是叫做基維亞。

並非她本人報上姓名。是聽到周圍的人這麼稱呼她。那應該是她的姓氏，但我沒有聽過。硬要猜的話，很像是舊北部王國附近的姓氏。或許不是天生就是貴族。

不論如何，都必須立刻對目前的狀況做出回應。

從遠方觀看應戰規模時，原本應該超過兩千人的聖騎士團人數，現在已經被減少到剩下一千人左右。

「快點退後。沒辦法在這裡撐住戰線了。」

這是我最先說出的主張。

「對方派出的游擊隊幾乎全滅了。存活的傢伙全逃走了，但下一波馬上就會過來了吧。只能趁現在往東邊撤退了。」

雖然是足以獲得感謝的情報，但是基維亞卻露出非常不高興的模樣。可以感受到看見骯髒害蟲時那樣的厭惡感。我不多加理會只是繼續說道：

「大型的異形馬上就要出現。像是山怪還是魔獸之類的。」

當然這只不過是方便用來分類的稱呼。

牠們是以哺乳類為原型的異形，二足行走的是山怪，四足步行的是魔獸。兩者的軀體都相當巨大，皮膚變得跟裝甲一樣厚。以這邊附近的河川深度來看，即使在渡河當中也不會變得太弱。由於行動緩慢，所以只是到現在仍未抵達前線而已。

綜合以上的因素，可以知道趁渡河時攻擊也沒有太大的優勢。還是將防衛線往後拉，等渡河之後再把火力集中於敵人身上比較好。反而是讓敵人背對河川，利用河川把牠們分隔開來，強迫其陷入背水的情勢才是正確的選擇。

至於為什麼這會是有效的「分隔」，完全是因為有我在的緣故。

「讓牠們深入這邊，然後稍微拖延時間。如此一來就能攻擊魔王現象的本體。因為魔王也來到最前線了。」

我刻意如此斷言。

要說到我為何會知道這一點，其實是根據毀滅聖騎士團游擊隊的眾異形的速度。能以那樣的進軍速度讓那麼一大群異形完成迂迴行動，只有魔王現象本體親自做出指示才有可能。如此一來，本體應該也往前進了才對。

「魔王就由我來收拾。」

意思是在空中移動來暗殺魔王。

目前這是瓦解這個異形集團唯一的辦法。在那之前需要聖騎士團奮力抵抗。盡量引誘魔王周圍的異形深入並且將其消滅。

「當我衝進去時，你們就負責提供支援。」

我認真地請求對方幫忙。但是——

「你為什麼說得自己好像指揮官一樣。」

我的意見似乎讓對方產生極度不愉快的印象。甚至不用看基維亞的臉，光是聽聲音就能知道了。

「我們不會改變方針。將會阻止那些傢伙渡河。」

基維亞以嚴肅到令人感到傻眼的表情這麼說道。

「堅決死守。這條河川的東岸是北方貴族聯合的領土，現在仍是屬於人類的土地。怎麼可以遭到那些傢伙踐踏呢。」

「妳是笨蛋嗎？」

我無法壓抑大聲說話的衝動。

「不是接到撤退命令了？我們是被命令來支援撤退的哦。」

「來自喀魯吐伊魯的使者表示最終判斷還是交由指揮官負責。」

喀魯吐伊魯原本是聯合王國內統一管理軍事事項的官署名稱。目前則被稱為喀魯吐伊魯要塞。已經成為實質上的司令部。

「這樣的話，我們將為了名譽而不惜犧牲性命。我們早已有死亡的覺悟。」

「太愚蠢了。」

我只有這樣的感想。

明顯跟我們接到的命令有所衝突。應該是政治上的理由吧。喀魯吐伊魯要塞——軍部也是由複數的貴族出資組成。比如說北方貴族聯合。說不定就是混雜了那些傢伙的意向，最後才會做出這種亂七八糟的指示。

或者單純只是認為我們懲罰勇者部隊根本無足輕重，所以才提出如此隨便的命令。這也是有可能的事。

「誰理妳的名譽啊。如果是要守護有人居住的土地也就算了，這裡甚至連開拓地都不是。被迫留在來陪妳的部下和我們該怎麼辦？」

「……名譽才是最重要的問題。我們被迫從北部潰逃，在這裡又被命令撤退……而且……我們無法再忍受下去了。就算這裡是我們的葬身之地也無所謂。一定要戰到最後一兵一卒……！」

有種不對勁的感覺。

這個基維亞為什麼要擺出如此強硬的態度？看起來像是有什麼覺得愧疚的事情，才為了贖罪而挑戰魯莽的戰鬥。其他的士兵也同樣露出令人煩躁的悲愴表情。到底是為什麼呢？

「我的部下全都同意我的方針。還有我根本不在乎你們這些勇者有什麼下場。」

基維亞恨恨地丟出這麼一句話。

「你們這些連死亡都不配的罪人！說起來，那位『女神』大人究竟是怎麼回事？」

基維亞將矛頭轉向我以及身後的泰奧莉塔。

「為什麼會醒過來並且跟你簽訂契約呢！這件事本來就很奇怪了吧！完全搞不懂是怎麼回事。嗯，真的無法理解！我們原本認為只要『女神』大人沒事就可以了！就算我們全滅，也一定要平安把她從這個戰場送走！」

「可惡，關於這一點我實在無話可說！有個傢伙把她偷來的！」

「偷……偷的……」

基維亞不停眨著眼睛。

「你說偷的？我們的警備怎麼了？算了，更重要的是——為何做出這種事？你們是人類的敵人嗎？到底在想什麼？」

「吵死了，這些我自己也想知道啊！」

開始覺得火大了。為什麼我就得受到這樣的逼問？現在明明不是做這種事情的時候。

「現在道歉有用的話我願意道歉！但是呢——」

關於這件事情確實完全是我們——是鐸達不對。但目前絕對不是追究這種事情的狀況。

「現在不是糾結在這些事情的時候了吧。如果有比我的提案更好的作戰，那聽妳的也可以。當然是除了死守之外！」

「你那是什麼態度。為什麼我們得按照勇者的指示來行動！」

「——廢物，給我閉嘴。」

泰奧莉塔突然插話進來。
那是像冰冷鋼鐵般的聲音。
「那……」
基維亞動搖到讓人覺得有點可憐。
「那……那是——在說我嗎？」
「是啊。不然還有誰？話先說在前面，不准反對吾之騎士的指揮。」
泰奧莉塔雖然嬌小，但從全身散發出來的某種存在感，看起來像是震攝住基維亞了。或許是她那頭撒出火花的金髮所造成。
「迅速重整兵力，跟魔王對峙吧。絕不允許繼續浪費時間。」
「……不，請等一下，『女神』大人。這樣的狀況絕對是有哪裡弄錯了！那個男人成為您的騎士完全是意外！本來的話——」
「『女神』不會有什麼意外。我認定他是吾之騎士。這是命運。」
泰奧莉塔以堅決的口氣這麼表示。
這時泰奧莉塔似乎也已經學會符合「女神」身分的說話方式了。還是說，這才是她原本的態度呢？
「吾之騎士賽羅啊，你有點太過溫柔了。」
泰奧莉塔驕傲地回頭看著我。

「讓我來給這些人一點下馬威吧。指揮權只能由跟我簽訂契約的騎士執掌！」

說完就用鼻子發出「哼」一聲。明顯看出正在期待些什麼。可以看到背後的空間產生扭曲。她是認真想要展示力量。

「如此一來，你一定也會稱讚我……對吧？」

「等……等等。怎麼回事？剛才聽到可疑的名字——你叫賽羅？」

基維亞似乎知道我的名字。

這下不妙了。我的名字在王國內相當有名。尤其是隸屬於聖騎士團的人應該都聽過才對。

「是那個……賽羅．佛魯巴茲嗎！在勇者之中也是最惡劣的罪人。到底在想什麼！這個『弒殺女神』的大罪人——」

基維亞的話在途中就被打斷了。

猛烈的噪音。像是用蠻力撕裂無數的金屬般的聲音響徹整個空間。來源是夜色深處，也就是河岸對面。

「太遲了。」

我咂了一下舌頭。浪費太多時間在無謂的問答上了。那個東西從對岸發出騷動的樹木後方現出身影。

首先往這邊突進的是大型的異形群。

跟大象差不多大的四足步行野狼——那是魔獸。二足步行的黑色人影是山怪，雙臂看起來就像是異常巨大的猴子手臂。毛茸茸的身體跳躍著，直接跳入河裡後朝這邊衝過來。

接著那群傢伙背後出現跟民房差不多巨大的蟑螂般生物。

生硬地動著多數的腳來緩緩爬行的昆蟲。還傳出摩擦金屬一般的「嘰哩嘰哩」鳴叫聲。鳴叫聲微妙地高低起伏後，異形群的一部分就開始往左右兩邊散開。看來似乎是用發出的鳴叫聲來給予軍隊命令。

正如聽見的報告所說。那隻大到不可思議的蟲子正是這個魔王現象的根源。一般都稱其為魔王。

第四十七號，「果姬婆婆」。

牠們會成為魔王現象的觸媒，一邊「汙染」周圍一邊移動。扭曲生態系，有時甚至會牽連到人類。沒有聖印守護的話，根本無法與其對抗。而那些傢伙每個個體都有特別的力量。

這隻「果姬婆婆」的話——

「停止射擊！別瞄準魔王！」

基維亞雖然讓人揮動旗子，但已經太遲了。

已經有幾把雷杖與火砲噴出火來，而且瞄得還算準。但是就壞在這一點。「果姬婆婆」舉起幾隻腳來迎擊這些射擊。

發射出去的閃電與砲彈被「果姬婆婆」的腳彈開並且反射回來。

牠的回禮襲向正在攻擊渡河異形的部隊。河岸的柵欄燃燒了起來，人員也被轟飛。

「果姬婆婆」沒有受到任何傷害。

雖然不知道原理，不過那傢伙能彈開聖印的攻擊。至少聖騎士團帶來的遠距攻擊武器似乎都對牠完全沒有效果。而且還會戰術上回擊，根本無法正面與之作戰。

由於反射實在太具攻擊性而且太準確了，甚至還有是以某種力場來承接聖印產生的力量並且加以反射的見解。

如此一來就只能試著以物理上的巨大質量加以碰撞了，但能靠近那個巨軀並發揮有效攻擊的武器很少。應該需要真正的攻城槌或者投石器這樣的兵器吧。聽說第一王都正在準備這種古老的裝備。

也就是說，這個魔王「果姬婆婆」是將自己變成堅固要塞來進軍的魔王。也難怪聖騎士團會受到嚴重打擊，必須一路撤退到這個地方。

「沒辦法嗎……！」

基維亞的臉扭曲了起來。

「趁還在對岸時試試看焦土印！工兵隊快點準備！」

「快住手。那不用來賭博的東西。沒用的話，我們會全滅的。」

所謂的焦土印，正是用來把周圍所有物體轟飛的聖印。必須有犧牲作為聖印搬運手的數名成員與該片土地的覺悟才能使用。所以至少得在更確定能發揮效用的場面才使用。得先想辦法處理那個能夠彈開聖印攻擊的殼。

我也算是了解基維亞的意圖。這傢伙的戰略目標是——絕對不讓對方踏上渡過河川後的這片土地——為了盡忠職守，必須用上各種手段。

自己可沒辦法支持她的這種覺悟。我打從心底感到厭煩。這個世界上有太多想犧牲生命來完成某件事的傢伙了。

「基維亞，叫妳的部隊支援我。瞄準嘍囉來分散魔王的注意力。立刻進行。」

「什……什麼？」

我的發言似乎讓基維亞憤怒到了極點。她發出沙啞的聲音並且瞪大了眼睛。

「你這傢伙憑什麼命令我？懲罰勇者哪有資格——」

「當然是為了活下去啊。」

我如此斷言，接著觸碰泰奧莉塔的肩膀。

「我可不想死，也不想看見你們犧牲性命。別想用性命來交換什麼。」

這句話不只是對基維亞，同時也是對泰奧莉塔所說。

「我去暗殺魔王。如果能順利完成並且活著回來——好吧……」

我做出了約定。

「不論是什麼抱怨與處罰我都願意接受，也可以盡情地褒獎。」

基維亞已經用接近殺意的眼神瞪著我，泰奧莉塔則像是相當驚訝——或者是以看見什麼稀奇物體般的神情望著我。我心裡只有「有夠坐立難安」的想法。

因此在聽見回答前就先抱起泰奧莉塔並且跳了起來。朝對方說了一句話。

「要走嘍。」

對岸的黑暗正在蠢動。我為了闖入其中而跳起。

連我自己都覺得正在進行不合邏輯的事情。

但就算火大也沒有用。這大概只是我擅自感到憤怒。每一個傢伙都只會為了什麼名譽而說些狗屁不通的話……

（太蠢了吧。）

我在內心這麼咒罵著。

就讓你們知道那是多麼沒有意義的事情。看我讓那些傢伙嚇到啞口無言。至於什麼最能讓那些傢伙感到驚訝嘛，那當然是由我這種莫名其妙的傢伙來打倒魔王了吧。

（看我的。）

我飛越河川。

空氣相當冰冷——可以感覺到強風。眼下是成群的異形，再來就是聖騎士。地面可以說是布滿敵人。同伴只有一人。就是我抱在懷裡的嬌小「女神」泰奧莉塔。那又怎麼樣呢。

「抓緊了。別掉下去。」

「不用擔心。太傲慢了。反而是我要擔心你們這些人類才對。」

不愧是「女神」，泰奧莉塔這時仍充滿自信。她隨即緊抱住我的脖子。

「那麼賽羅，是我盡義務的時候了吧？」

「不，還沒有。」

我立刻這麼回答。

不能太過倚賴泰奧莉塔。「女神」的機能也有極限。能召喚的對象仍存在所謂的限度。一旦超越限度，「女神」就會像斷了線一樣陷入機能不全狀態。

最糟的情況是會死亡，再也無法復活。

「賽羅，別太小看我了。光是這種程度——」

泰奧莉塔雖然如此主張，但根本不值得相信。

她們這些「女神」都有逞強的壞習慣。像是要表達不被人類倚賴就會死亡一樣，總之就是不願意示弱。

（實在不能接受。）

我知道測量「女神」疲勞的方法。

也就是眼睛的光輝以及從頭髮撒出的火花。它們變得越強烈，就是「女神」正在逞強的證據。現在就算抱著她，她的頭髮也沒有停止撒下火花。或許是因為剛甦醒的緣故吧。還是身為「女神」的泰奧莉塔體力極限大概就是這樣了呢。這我實在無法判斷。

「『女神』本來就是把戰術全部交給騎士負責吧。」

我很自然地以嚴厲的口氣這麼說道。

「把力量保留到最重要的時刻再用吧。嘍囉先交給我處理。」

我刻意以這根本算不了什麼的口氣這麼說道。沒錯，這只是小事一樁。

眼下充滿異形——當中也有能跳到空中的異形已經注意到我了。數量實在太多，一般來說不可能獲勝。不過那是一般的情況，我則是可以輕鬆贏得勝利。我這麼告訴自己。

（機動戰鬥的要點。第一是要確保降落地點。）

我從腰帶抽出小刀，看準要降落的地方。

數隻異形發出吼叫般的聲音，提醒同伴對我保持警戒。那是「魔獸」。跟大象差不多巨大的狼。不過毛皮比自然界的狼厚上許多，甚至有角質化後變得跟尖刺一樣的地方。

（正適合拿來開刀。）

貝魯庫種雷擊印群的假想敵之一，正是像這樣的地面大型目標。

不讓那種敵人有反擊的機會，單方面加以破壞。這樣的作業需要威力與準確度。因此我用力握住小刀，讓聖印的力量充分浸透之後，藉由投擲來加以解放力量。

小刀沒有立刻爆炸。

我當然不會弄錯爆炸的時機。一切都很完美。刀刃刺中其中一隻魔獸後，爆出光芒與巨響。肉片四處飛濺，造成的衝擊波及到周圍的異形。

「真有一套。那麼賽羅，接下來換我——」

「還沒。」

（機動戰鬥的第二個要點……）

我回想起早已根深蒂固的戰鬥方式。

（不停止動作。繞到對手的死角。）

著地的同時，我就往前跳去。這次跳得不高，是腳尖足以刨開地面土壤的高度。但也因此能拉長距離。

像在地面爬行般跳出去後，就能直接穿越山怪與魔獸的腳邊。擦身而過時直接把小刀插進去。在身軀龐大的牠們轉動脖子前，小刀就先爆炸了。

肉片四散。

「賽羅。接下來總該換我負起責任了吧？」

「還沒。」

我再次高高跳起。投擲小刀──把聚集在一起的小型異形轟飛，朝樹木一踢後再次越過牠們頭上。

（還沒結束。不能停止移動……停下來就會被包圍。再加把勁。）

爆炸。閃光。跳躍。

與魔王之間的距離立刻變短。形成一條由破碎泥土與異形屍骸鋪設而成的路線。近距離下看見的魔王「果姬婆婆」顯得更加巨大。某種莫名的力量維持著牠超越常識的龐大身軀。

那傢伙以大到誇張的複眼看著我。

「這就是魔王……」

泰奧莉塔的緊張感傳遞到我身上。可以感覺到她的身體緊繃。

接著泰奧莉塔也發覺我注意到這一點了。

「我可不是在害怕哦！」

泰奧莉塔以生氣般口氣快速這麼說道。

「討伐魔王正是『女神』的宿願。我只是情緒激昂。因此現在正是我盡責的時——」

「還沒。再等一下。」

「還沒嗎？從剛才開始就讓我等了好幾次了吧？」

「再一會兒。相信我吧。」

注意到接近者的「果姬婆婆」，其宛如數之不盡的腳裡面有幾隻朝我們伸過來。想用它把像是蒼蠅的我們擊落。

我就覺得牠絕對會這麼做。我早就開始迴避的動作。

（只有一次的話，大概……能順利成功。）

我往樹一踢後跳躍起來。

躲開宛如鐮刀般前腳的一擊。我一邊越過「果姬婆婆」的頭上，一邊投擲所剩不多的小刀。

目標是腳的根部——甲殼的接縫處。發自空中機動的精密投擲戰技。雖然是宛如百步穿楊一樣的雜耍般技能，但我就是因為能辦到這一點才能擔任聖騎士團長。

「怎麼樣！」

我忍不住這麼大叫。

我所發射出去的小刀，正確地刺進「果姬婆婆」的甲殼縫隙之中。閃光與爆炸聲。最後終於有了成果。聖印之力產生的爆炸給予連結甲殼的縫隙決定性的傷害。因為揮舞手臂的力道而折斷並且彈出，體液也跟著飛濺出去。

遲了一會兒後，「果姬婆婆」彷彿撕裂鋼鐵般的悲鳴響徹整個空間。

「才斷一根而已，太誇張了吧。」

這樣就得到證明了。這傢伙只有甲殼堅硬。瞄準縫隙的話就能將其破壞——只不過，要證明這一點也得付出不少的代價。

異形們因為「果姬婆婆」的悲鳴而動了起來。

明顯是要在降落地點抓住我的動作。胡亞們以青蛙的四肢跳躍著。這下麻煩了——小刀的數量有限，「果姬婆婆」下一次應該會提高警覺了吧。第二次不會這麼輕易成功了。

一般來說，這時候應該要撤退了。

但我知道按照普通的做法不可能獲勝，何況我方還有「女神」在。所以應該使用不普通的手段。

「賽羅，被包圍了。還沒輪到我出場嗎？差不多該讓我上場了吧？」

「嗯——」

我一著地就以小刀射中一隻試圖要抓住我的胡亞。刀刃陷入肉內，把敵人炸得粉碎。

「就是現在，泰奧莉塔。」

我再次跳到樹上，用手指著魔王，以及帶著明確敵意朝這邊殺至的異形們。

「幫我打開通往魔王的路。請大鬧一番吧。」

「……好！」

泰奧莉塔用鼻子發出「哼」一聲後，眼睛開始燃燒起來。

「睜大眼睛仔細看好了！」

從虛空中出現大量的劍。

這次的劍比之前更大。像是只在儀式中使用，不具有實用性的大劍。擁有不論是魔獸還是山怪都能加以刺殺的厚厚劍身。閃爍銀色光芒的劍刃像流星雨一樣落下。把異形們釘在地面，開出了通往魔王的道路。

「再來一次。」

我立刻跳了起來。用力抱緊泰奧莉塔，把印象傳遞過去。

「……給我一把特別的劍。妳辦得到吧？」

「太自大了。」

泰奧莉塔從全身爆出火花——甚至讓抱著她的我感到疼痛。

「吾之騎士，我可是『女神』哦。你必須虔誠地祈禱。」

一瞬間縮短跟魔王之間的距離。

那傢伙快速動著多數的腳。其複眼這次明確地看準了我。幾隻腳揮舞著，準備在空中捕捉我。

（只有一次的話，這果然也沒有問題。）

第一次時讓對方看見使用小刀的攻擊方式。那傢伙知道什麼會構成威脅。雖然具攻擊力，但距離致命性武器仍相當遙遠，牠應該認為這樣就能阻止我。

事實上，只有我一個人的話確實是這樣。

「請吧。」

當我對泰奧莉塔這麼說的瞬間，就看見有劍再次出現在虛空中。

比之前出現的都長上許多的劍——看起來簡直就像「長槍」一樣。或許已經不能稱它為劍了。我抓住那個傢伙，感受著肩膀幾乎要脫臼的衝擊，同時讓聖印浸透其中。

然後踢了出去。

用盡全力的踢擊。

藉由飛翔印薩卡拉給予它莫大的運動力，巨大的劍就這麼往前飛。那是質量與速度都足以媲美攻城用弩箭的一擊。

（王都正在準備攻城槌與投石器。）

軍部絕對掌握了這種原始的兵器對「果姬婆婆」能發揮效果的消息。喀魯吐伊魯要塞裡的那群傢伙雖然有喜歡玩政治遊戲的壞習慣，但絕非無能。尤其是事關自身性命安全的時候。

如此一來，這記攻擊應該有效才對。無效的話我就束手無策了。

馬上就能知道結果。

我踢出去的那把宛如長槍的劍把「果姬婆婆」的幾隻腳砍飛。劍刃陷入甲殼，把腳折斷並且砍成兩半。接著劍尖又刺入「果姬婆婆」的身體內。可以知道甲殼被破壞性的力量打碎了。

同一時間爆出閃光。

接著是像要毀壞空氣一般的轟然巨響。「薩提・芬德」在魔王體內起動了。貫穿甲殼後從內部轟飛，肉片四散，黏稠的體液跟著飛濺而出。

我看著自己——自己與泰奧莉塔所引起的破壞有什麼樣的成果。

內心這麼想著。「果姬婆婆」的胴體上出現被刨走一大塊般的傷痕。體液不斷從該處溢出。

（非常成功。）

「很好，泰奧莉塔。這樣——」

當我說到這裡時。

下一個瞬間。

聽見「咕渣」一聲潮濕的聲音。

是從「果姬婆婆」那裡傳出。遭破壞的身體正在蠢動。從該處長出了什麼。以極為驚人的速度朝這邊伸過來——是新的手臂？還是像水母那樣的觸手？總共有兩三根。

是什麼都沒關係。這時浮現在我腦袋裡的只有一個念頭。

「這太犯規了吧。」

有種事情是會像發作一樣忍不住就做了。我抱住泰奧莉塔，背對「果姬婆婆」。這無論怎麼想都是愚蠢的舉動。

自己做出要泰奧莉塔不要做的事情。幹下捨棄自己性命的好事。

再來就是——衝擊。

應該很簡單就被打飛了吧。視界在眨眼間變暗，可以知道撞上了什麼東西。幸好只是棵大樹。不是山怪或者魔獸。

只不過，還是有「可能撐不過去」的感覺。

剛才的攻擊沒能幹掉魔王。同樣的手法不可能成功，那傢伙雖然不停流出體液，但那道傷口正在慢慢痊癒。

「賽羅！」

泰奧莉塔大叫。

不過真的很痛耶。這時我看著夜空。

再加上因為劇痛而吼叫的魔王——你活該啦。來自魔王的命令暫時中斷，就像錯失了母鳥的幼鳥般，混亂的異形們開始亂跑。甚至有過於興奮而自相殘殺起來的個體。

「……吾之騎士！看我這邊！」

被叫到名字了。泰奧莉塔——眼睛發出炫目的光芒。是火焰的顏色嗎？

還有另一個。

（……這是什麼。）

真心覺得如果是幻覺就好了。那就是如此異樣、滑稽而且完全不想看見的東西。

「……啊……賽羅？」

那傢伙像感到很困擾般窺看著我。

史上最惡劣的小偷，鐸達．魯茲拉斯。沒想到現在會在這個地方看見他那張邋遢的臉龐。

「你在這裡做什麼啊。」

只有你沒資格這麼說我。

而且那傢伙還揹著足以裝入小孩的木桶。看見寫在上面的文字後，我不由得嚇了一大跳——

「伐庫魯公社」「小心輕放」「利奴利茲第七號武裝」——以及「焦土印」。

「鐸達。」

我忍不住笑了起來。邊笑邊撐起身體。

雖然全身疼痛，但不是在意這種事情的時候了。我抓住鐸達的胸口，為了不讓他逃走而把他壓住。

「你又偷東西了吧？」

「這不是啦。因為剛好放在潛入的我眼前——」

「幹得好。之後饒你不死。」

之後的事情其實不值一提。焦土印說起來就是刻畫著聖印的木片集合體。那個木桶本身就是由木片組合起來的兵器。

偷了這種東西還在整個外露的狀態下拿著走路，鐸達真不愧是天字第一號大笨蛋。把構成木桶的幾片「安全裝置」抽掉後就能起動。可以藉由抽出的數量來控制威力以及爆破半徑。幸好跟我所知道的製品是同一種類型。

如果是甲殼遭到破壞後已經受傷的魔王，最低限度的爆炸就可以了。沒有必要把這一帶夷為平地。

我全力踢飛那個木桶，同時跳了起來。之所以順便把鐸達抱起來，是為了給他最低限度的福利。不用說在著地的同時我就會揍翻那個傢伙。

我們在近處聽著刨開地面，從森林一角產生的爆炸。

於是我們就這樣擊敗了魔王「果姬婆婆」，完成支援聖騎士團撤退的任務。

——當然，在那之後還是得面對應該討論的問題。

刑罰：庫本吉森林撤退支援　原委

盛大的爆炸結束後，一瞬間回歸寂靜。

接著立刻又傳出噪音。

異形們整個發狂了。因為魔王死亡——失去統率者，群體逐漸陷入無法停止的潰滅狀態。失去魔王現象的核心後，異形就會變成這樣。

（不是第一次了。）

我也曾數次擊潰魔王。

但還是首次面對如此愚蠢的結尾。

（我也要反省一下才行。）

自己也跟這個「女神」以及聖騎士團沒有太大的差別，同樣是個一板一眼的蠢蛋。

（看看鐸達。）

那傢伙以更令人瞠目結舌的手段來展示了討伐魔王的方法。

真的快忍不住笑出來。現在鐸達本人已經翻白眼昏過去了。因為鼻子被我揍斷後，又把他轟到地面的緣故。

（真的好累。）

我當場癱坐到地上反覆著深呼吸。這時有個傢伙低頭看著這樣的我。那個傢伙即使在夜色當中也閃閃發光。灑下火花，以燃燒的眼睛露出洋洋得意的神情。

「吾之騎士……」

「女神」泰奧莉塔這麼說道。

明明挺著胸膛，而且露出滿面笑容，但聲音卻帶著點不安。

「擊敗魔王了。這全是靠我偉大的恩寵……你應該不會不服氣了吧？」

「沒什麼不服氣的。」

我沒辦法反駁。

「那麼，吾之騎士……」

輕咳了一聲之後，泰奧莉塔就在我面前跪坐。感覺正在端正自己的姿勢。接下來似乎要進行什麼重要的儀式。

「隨時都可以哦。」

她用手梳著自己的金色頭髮。

「差不多該到褒獎我的時間了吧？」

「嗯。了解了。」

「快一點。不需要再猶豫了吧。好了，快一點吧。我已經準備好了。」

「知道了啦——」

由於快累死了，我便緩緩伸出手來。對於「女神」，只要付出一種報酬就可以了。我覺得這個部分相當扭曲，甚至有種罪惡感。

但是如果她們需要那個的話，我又能抱怨些什麼呢？

所以我只能咬緊牙根做出回應。

「幹得好。」

我撫摸著泰奧莉塔金色的頭髮。

結果就爆散出火花，產生了刺中指尖的疼痛感。但這算不了什麼。應該要忍耐下來。跟泰奧莉塔所付出，以及我們對她所做的事情比起來，這只是微不足道的問題。

「哼哼……」

泰奧莉塔在被我摸頭的情況下用鼻子發出聲音。

「更用力一點撫摸。別忘了加上褒獎的話。」

「虧妳能活下來耶。」

「……好奇怪的褒獎方式。」

她像是感到不可思議般抬頭望著我。

「想不到光是活著就能得到獎勵。」

「光是這樣就很偉大了。我說真的。雖然那些蠢蛋老是說些莫名其妙的話。」

結果對方露出「真不敢相信」的表情。或許吧。「女神」就是這樣的生物。

「可以允許有這樣的『女神』存在嗎？」

「什麼允許，妳這傢伙……」

泰奧莉塔露出感到不安的表情。又或許是困惑的表情。我心裡想著「到底怎麼回事」。為什麼會露出這種表情呢？

「這我不知道。應該說這是由他人決定的事嗎？」

「……這樣啊。」

泰奧莉塔微微低下頭。

「這種事情──我……」

感覺她的臉色沉了下來。正在回想嗎？不過是在想什麼？我沒能來得及開口詢問。因為當她再次抬起頭來時，臉上的陰影已經消失了。

「那麼──如此一來，賽羅──如果你的話是真的！生還而且還成功討伐魔王的我不就更加偉大了嗎？」

泰奧莉塔露出比較像小孩子而不是「女神」的笑容。

「我允許你多褒獎我一點。」

「那真是太感謝了。偉大的『女神』。連摸妳的頭都感到惶恐不已呢。」

在沒辦法的情況下，我只能更加用力地摸她的頭。

「妳大概會成為人類的救世主吧。」

「繼續。」

泰奧莉塔的嘴角蠢動著。看來不多褒獎她一下事情是無法收拾了。

「……最棒的『女神』。偉大到極為炫目。」

「還不夠。」

「……還不夠嗎？泰奧莉塔真了不起。太厲害了。即使在這個廣大的世界，也找不到如此尊貴的存在——」

「賽羅．佛魯巴茲。」

泰奧莉塔像是仍不滿足，但這時候我只能停手。

被人叫到名字了。其實也早就聽見馬蹄聲。只是因為覺得沒什麼大不了，所以不加理會罷了。

「是你幹掉的嗎？」

聖騎士團的雪白鎧甲。一臉嚴肅的面容。基維亞與數名聖騎士從馬背上往下看著我們。

「是啊。」

我承認了。

「是我把魔王打倒了。」

「你是想要我認同你嗎？」

那是感到非常不愉快般的聲音。搞不好她甚至想將我擊殺於此地。這並非不可能的事情。

現在在這裡殺掉像勇者這樣的大惡人，大概就跟弄壞一個備用品差不多。不論是勇者還是備用品，都只要修理一下就能使用了。聖騎士團團長確實擁有這樣的權限。

（而且這個女人也有資格生氣。）

本來的話，她——基維亞應該跟「女神」簽訂契約了吧。「女神」與騎士之間締結的契約一定是一對一。

有兩個方法可以廢棄這份契約。

不是「女神」與聖騎士雙方都宣布廢棄契約，就是「女神」死亡，總之就是這兩種方法其中之一。

「從我們這邊偷走『女神』，連焦土印都搶走，擅自討伐了魔王。」

「我無話可說。」

我立刻這麼回答。其他也不知道該說些什麼了。

「那個——」

泰奧莉塔以嚴肅的口氣如此表示。

「從剛才就很在意了。把我『偷走』究竟是——怎麼一回事呢？」

「『女神』泰奧莉塔。妳本來預定是由我們第十三聖騎士團……來保護。」

基維亞苦澀地這麼說著。

看起來像快流下眼淚了。彷彿把難以啟齒的事情說出來了一樣。難道說是在說謊？為什麼呢？說起來，為什麼不使用泰奧莉塔——這張最強的「女神」王牌，只讓她一直沉睡呢？甚至還想在這裡戰至全滅，真是一些疑點眾多的傢伙。

「結果那邊的懲罰勇者把妳偷走，擅自跟妳簽訂契約——賽羅．佛魯巴茲！就是這個惡棍！」

「這樣啊。」

面對惡聲惡氣的基維亞，泰奧莉塔的聲音倒是很冷靜。或許這也是她在逞強，但總之就是冷靜到令我感到驚訝。

「如此一來，這應該就是命運了吧。」

泰奧莉塔甚至露出微笑。

為什麼呢？我實在搞不清楚。一般來說應該會更加混亂才對吧？結果反而是我被搞得一頭霧水。基維亞也像是嚇了一跳，只能半張開嘴巴。

「我相信賽羅．佛魯巴茲是吾之騎士。他正是要討伐所有魔王的人，是最適合接受吾之恩寵的騎士。」

我想自己應該忍不住繃起了臉。我不是值得如此信賴的人。這是千真萬確的事。

這是因為——

「但是『女神』啊。」

基維亞以極度冷酷的眼神瞪著我。

「妳不清楚這個男人的罪狀。」

「是什麼樣的罪呢？」

「弒殺女神。」

基維亞像詛咒般這麼說道。

「這個過去曾是聖騎士的男人，親手殺害了訂下契約的『女神』。」

這是事實。

所以我才無話可說。我記得很清楚。不論是小刀貫穿「女神」心臟的感觸，還是「女神」眼睛裡直接熄滅的火焰，以及強力爆散開來後足以將我的手燒焦的火花……等一切的詳情。

怎麼可能忘記。

◆

此時發生在庫本吉森林的事情就注定了一切。

之後我們懲罰勇者部隊就立刻開始執行新的任務。

那是用來清算鐸達跟我的愚行而下達的任務，當然不會是什麼輕鬆的工作。

任務內容是繼續支援第十三聖騎士團。

闖入魔王化的地底結構體提供支援——也就是為了攻略迷宮的活祭品。

另外，先在這裡記錄一下，鐸達．魯茲拉斯因為原因不明的事故而幾乎全身骨折，隨即被送進修理廠。

王國審判紀錄　賽羅・佛魯巴茲

賽羅・佛魯巴茲。

聯合王國第五聖騎士團團長。

——不知道是誰像這樣唸出了我的職稱。

那是冷冽到令人感到喪氣的聲音。接著我便心不在焉地聽著一長串宛如咒文一般的前言。因為不這麼做的話，我立刻就會想幹掉哪個人。

「那麼，被告賽羅・佛魯巴茲。」

某個人再次呼喚著我的名字。

是聽罪官。聽罪官是王國審判庭的議長，同時也是最高負責人。是固定由聯合王國的王族所擔任的職務。雖然不清楚是從五個王族裡的哪一族裡選出，但應該有一定的地位才對。

因為這可是歷史上首次的「弒殺女神」審判。

「——賽羅・佛魯巴茲。你率領自身的聖騎士團，從事件當日的前夜開始接近魔王現象第十一號。」

聽罪官繼續這麼說道，此時我看不見他的容貌。薄薄的帷幕阻擋在我與聽罪官以及列席的審判委員之間。

這就是聯合王國的審判制度。

說起來聯合王國原本是由五個左右的國家合併之後所成立。當時就擷取各國的制度，最後才完成這樣的形式。

「接著黎明之前。你們隨著『女神』賽涅露娃進入交戰狀態。這份報告沒有錯吧？」

雖然是斷定的說法，但還是詢問了我的意見。

這個時候我全身被鐵鍊綁起來，幾乎像隻野獸般遭到拘束。只有口塞被拿了起來。因此我認為這是為了證明自己身上發生了什麼事情的最後機會——真是個大笨蛋。

「報告沒有錯。」

我老實地回答。

「我跟魔王現象第十一號戰鬥。真的很辛苦。因為原本預定的援軍沒有來。」

「被告只要回答問題即可。」

聽罪官打斷了我的話。可以聽見他的口氣帶著不愉快的感情。

「繼續確認事實。擅自帶著屬下的聖騎士與『女神』跟魔王交戰的被告，在該場戰鬥裡受到了毀滅性的傷害。這份報告沒有——」

「有錯。」

我斬釘截鐵地表示。

「不是擅自。我接到命令了。」

「喀魯吐伊魯要塞沒有下這種命令。沒有任何紀錄。」

「騙人的吧。」

我堅定地做出這樣的結論。

快馬加鞭趕至的傳令，身上攜帶著正規的命令。它是靠刻畫在上面的聖印來證明確實是喀魯吐伊魯司令部的命令書。

「說是友軍遭到孤立，必須將其救出。所以我才趕過去。命令書說尤特普方面的7110步兵隊那些傢伙——」

「不存在這樣的部隊。」

聽罪官以低吼般的口氣這麼表示。或者可以說是帶著威嚇之意的聲音。

「你這個急功近利的傢伙，擅自強迫屬下與『女神』進行魯莽的戰鬥。」

「不對。我……」

「你這傢伙的部隊從以前就特別喜歡擅自行動。聽說為了獲得現在的地位，犯下了相當程度的違反行為。」

這個時候我才終於知道聽罪官是對什麼感到不愉快。是我的存在本身讓他這麼不高興嗎？

「因為是在戰場。有時得在現場做出判斷，而且我也有這樣的權限。」

「是聯合王家賦予你的權限。但是你卻拿來濫用。最重要的是，你最後——」

像是連稍微提到都感到忌諱一般，聽罪官一瞬間閉上嘴巴。

「殺害了『女神』賽涅露娃。這也沒有錯吧。」

「沒錯。」

我一這麼回答，旁邊就出現一陣騷動。

騷動來自於帷幕後方。可以知道是數名列席的審問委員正在交換意見。

「但那是因為我沒有其他辦法了。要我們救出的部隊根本不存在，應該會合的援軍也沒有來。我們孤立無援——」

「怎麼可能會來。說起來根本不存在那樣的命令，因為一切都是你擅自行動。」

「不是！」

我剛發出怒吼，審問委員們就發出更吵雜的聲音。

「賽涅露娃——『女神』已經瀕臨極限了。她用盡了力量。為了受到我們褒獎，只能夠賭上性命來戰鬥。」

「這是你的責任。因為私慾而與敵人作戰。」

「賽涅露娃認為一定會受到救出的部隊盛大的感謝。」

我已經無視聽罪官的發言。我全豁出去了。

我認為最重要的是，必須把那個時候的事情傳達出去——全都是為了賽涅露娃。那傢伙不惜犧牲性命究竟是要守護什麼東西。

「有沒有哪個傢伙知道，女神失去力量後會怎麼樣？會變得衰弱，然後毫無抵抗力。最後受到魔王現象侵蝕。」

「沒有接到這種事態的報告。這樣的可能性也遭到神殿否定了。」

「你白痴啊？神殿的那些傢伙怎麼可能承認這種事。」

我能了解理由。神殿的那些傢伙有教義。

「女神」必須是完美無缺。以這個教義作為前提來思考，我想這是他們不可能承認的事實。

但是，軍部——實際跟魔王現象戰鬥的部隊，就必須考慮這件事了。

這時我有所期待的也是軍部。軍部的話，應該可以檢討我的證詞具備何種程度的威脅。至今為止未曾嘗試過，甚至連提都不准提的，關於瀕死「女神」的事實。

關於今後「女神」的運用，應該能帶來重大的變化。

「夠了，先聽我說！沒有比被魔王現象侵蝕的『女神』更危險的東西了。」

甚至可能誕生具備女神力量的魔王。這是絕對要避免的情形。

「賽涅露娃也知道這一點。侵蝕已經開始了，所以我……」

「聽罪官。」

某個審問委員發出聲音。

是一道沉穩，但是相當通透的聲音。我記得這道聲音。就像烙印在我的鼓膜上一樣，想忘也忘不掉。

「被告反覆做出褻瀆『女神』的發言。已經確認完重要事項……我認為之後應該禁止他發言。」

聽完審問委員的發言後，聽罪官像感到很沉重般點了點頭。

「看來是這樣。」

從這段對話裡可以知道一些事。這個法庭裡所發生的事情都事先預訂好了。不過是像齣舞台劇一樣。現在才發現已經來不及了。

「等一下。還是聽我說比較好！」

我在被衛兵從兩側抓住的情況下揚聲這麼說道。

「看來事情不妙了。雖然不知道有什麼好處！不過可以知道神殿跟軍部的上層都有策畫這種鬧劇的傢伙存在。」

雙肩被抓住後，整個人被相當用力地按到地板上。腦袋開始模模糊糊。

「你們哪還有空理我這種小人物，得快點找出那些傢伙——」

然後是再次的衝擊。再度差點失去意識。口塞就要被放回嘴裡。雖然搖頭抗拒，卻再次遭到毆打。

「找出來後……」

陷害我跟我的騎士團，還有賽涅露娃的傢伙。

「絕對要把你幹掉。」

◆

「——你說什麼？」
「啥？」
突然有聲音從頭上對我搭話。
從空中嗎？不對。只是我躺著的關係——躺在極為簡陋的囚犯用寢具上。
眨了眨眼睛後環顧四周。狹窄的房間。鐵欄杆。沒有窗戶的石牆。
無論怎麼看都是監牢。是我被分配到的房間。勇者部隊能夠使用的，大概都是這樣的房間。
「你作夢了嗎？」
往下看著我的是完全不適合這種房間的金髮少女。
也就是女神「泰奧莉塔」。她傲慢地挺起胸膛，甚至將雙手環抱在胸前。
「一個叫做貝涅提姆的軟弱男人要我把你叫起來。快點感謝、讚美我吧。」
「這樣啊。真是太了不起了，辛苦妳了。」
依然躺著的我這麼說道。
「跟貝涅提姆說我馬上過去。」
「那可不行。我一走你就又要睡了吧。」

「正是如此。」

「誠實是一種美德，但這已經不是誠實就算了的問題！還有，好好地稱讚前來叫醒你的我！」

「是是是。」

我低聲說道。老實說真的提不起勁。

貝涅提姆既然在招集人馬，就表示新的任務要開始了吧。大概等一下立刻就要出發。把鐸達打到全身骨折果然太過火了——這次得跟更麻煩的傢伙搭檔。

已經可以感受到那種氣氛。因為可以聽見從走廊的遠處傳來怒吼聲。泰奧莉塔皺起眉頭回頭看著我說：

「賽羅。從剛才就能聽見的怒吼究竟是怎麼回事？」

「那是陛下啦。」

聽見我邊打呵欠邊說的答案後，泰奧莉塔就露出感到困惑的表情。

「那是什麼意思？」

「就是字面上的意思。自稱陛下，確信自己是國王的前恐怖分子，我們部隊的工兵。」

「什麼……？」

不理會依然露出無法理解表情的泰奧莉塔，我直接爬了起來。

因為還有事情得完成。可惡。連我自己都覺得快吐了。但要是不這麼做的話，這個「女神」

一整天都會很吵。

「那走吧……謝謝妳把我叫起來，『女神』泰奧莉塔。」

「哼哼。」

泰奧莉塔像做好被摸頭的準備般，用手梳著金髮。

「對吧！」

有些粗暴地撫摸了一陣後，頭髮雖然亂了，但她卻露出沒有比這個更令人高興般的表情。

或許是剛才那個夢害的吧——今天早上，這樣的表情讓我覺得痛苦。

作戰命令：澤汪・卡恩攻略任務概要

「命令書／第一類索魯達符／〇一三六〇〇一九號」

~~■受文者：第十三聖騎士團　芭特謝・基維亞團長~~

~~■命令：繼續護送任務。盡可能迴避戰鬥，在預定日期將女神十三號送至喀魯吐伊魯。另外，在隊員損傷回復前，暫時禁止使用懲罰勇者。~~

~~■下令者：北部第四方面總督　尼普拉斯・黑雷魯庫~~

——撤銷右記指令。

■受文者：第十三聖騎士團　芭特謝・基維亞團長

■命令：中斷護送任務。開始進行澤汪・卡恩坑道攻略任務。另將女神十三號暨懲罰勇者部隊置於第十三聖騎士團管轄之下，使用於壓制支援之上。

■下令者：北部第四方面總督　臨時代理　希姆利德・柯魯瑪蒂諾。

■撤消指令事由：右記承認者之瀆職嫌疑暨死亡而重新檢討方針。

刑罰：澤汪・卡恩坑道壓制前導 1

澤汪・卡恩坑道是在近年才開通。

與魔王現象的戰爭浮上檯面時發現礦脈，急遽開始採掘。目的是採掘加工成為聖印觸媒的礦石。一時間附近還建設了城鎮，煉鐵廠開始運作，甚至還設立了神殿的刻印工房。因為刻在優質鋼鐵上的聖印蓄光量較多，預期可以發揮出更高的效果。

根據神殿所說——聖印似乎是諸神賜予人類的睿智。

刻畫在物體上的聖印是以陽光為動力源，然後以人類的意志與生命力作為火種來起動。聖印具備各式各樣的效果。可以發熱、發射閃電、粉碎大地等等。為了追求像這樣的各種恩惠，人類一直發展這種聖印的技術。尤其是軍事面的進步更是異常驚人。

因此經常需要用來刻畫聖印的資材。而澤汪・卡恩就是提供資材的地方之一。聽說為了擴展這個坑道，伐庫魯開拓公社提供了高額的資金。設置了使用聖印的挖掘裝置，不分晝夜地進行採掘工作。

——說起來，這個坑道之後魔王化了確實是件相當諷刺的事情。

土地受到魔王現象侵蝕這樣的事態，在相當初期就得到了報告。跟生物一樣，無機物也會受到魔王現象的影響。通道產生變化，土塊會自己動起來，生存其中的生物則變成異形。

當然踏入該處的人類也不可能平安無事。

大概是在一個月前左右接到澤汪・卡恩坑道產生變異的報告。進入坑道的人類都沒有回來。甚至還有人被發現時已經變成異形的模樣，開始不分青紅皂白地襲擊人類。被殺害的人也異形化，就這樣產生連鎖。可以確定有某種魔王現象的主人——魔王居住在該處。

因此周遭的城鎮已經被放棄，害我們現在淪落到沒有挖掘工具，只能徒手挖洞的下場。揮動鐵鍬，把它刺進土裡。我們就一直重複著這樣的動作。

（搞不好這裡就是我們的墓穴。）

目前還是先不說像這種帶有真實性的俏皮話了。因為跟我搭擋的對象不是會配合這種話題的人。

「快一點。」

那個對象從背後對我搭話。那個傢伙雖然認真，但很多話。

「照這個速度來看，在預定的時間之前無法完工哦！更認真一點挖掘吧！」

如此怒吼的男人名叫諾魯卡由・聖利茲。是個體格壯碩且留著一臉金色鬍鬚的男人，外表看起來像是某種偉人。

他的通稱是陛下。

至於為什麼會被叫這個名字——或許應該說必定會被如此稱呼，果然還是因為他深信自己是聯合王國國王的緣故。

而且相當認真。

這樣的傢伙當然跟社會格格不入，對那些「篡奪」王城的傢伙發動了大規模的恐怖活動。對於雙方來說都很不幸的是，這個名叫諾魯卡由的男人在聖印調律上有令人難以置信的才能。

刻畫聖印的作業經常被用建築來比喻。

只要有一根柱子稍有歪斜，就會對想要建築的房子整體強度產生相當大的影響。刻畫聖印也是一樣。只要形成聖印的一條線有一點歪斜，全體的準確度與輸出就會產生極大的變化。用來當成兵器的聖印，其調律通常是要準備設計圖並且由幾人共同完成的專業技能。

諾魯卡由卻能夠獨自完成這樣的工程。老實說完全超乎常軌。結果諾魯卡由的恐怖活動造成了軍隊與王城許多的死傷者。之後就經過王國審判，然後一直到今天。

也就是說，他是懲罰勇者９００４隊的其中一員。

諾魯卡由現在把大木箱當成王位般坐在上面，並且動著手邊的雕刻刀。

他正在細長的鐵板上刻下聖印。那是接著要用來爆破的聖印。這是只有他才辦得到的事情，所以也只能這樣分配負責的工作，但不知為何就是讓人感到火大。

「賽羅啊，聖騎士團預定明天早上要闖入坑道。沒有結束的話，我就會命令你們通宵完成作業。」

諾魯卡由威嚴十足地表示。

「加把勁。我會根據成果來考慮再次任命你為聖騎士。」

那個傢伙的腦袋裡，完全認為自己是國王。雖然不知道是哪根筋不對，不過他覺得自己是在最前線指揮的偉大國王。

親自率領勇者與魔王戰鬥的國王——那確實是很了不起。不就跟傳說中的建國之王一樣嗎？而正如諾魯卡由陛下所說的，必須加快速度才行了。

第十三騎士團打算要壓制這個坑道。

已經策劃了一個短期的作戰。即使犧牲我們的性命也必須讓計畫成功。所以我們現在正被命令挖掘出直達通路。異形化的澤汪・卡恩坑道已經扭曲到地圖根本派不上用場的程度。

整塊土地異形化，變成像是危險的迷宮一樣。因此需要作為捷徑的通路。藉由挖掘與爆破來完成闖入更深處的通路。

開通路線的工作，就是我們最先接到的命令。

不過，諾魯卡由陛下腦袋裡想的有點不一樣。應該是創造出率先在最前線指揮眾勇者，並且命令聖騎士團闖入敵境這樣的事實了吧。

「打起精神來！只挖出這樣的深度，就算是我的聖印也很難加以破壞。起動的話，我們很有可能遭到活埋。」

這時諾魯卡由陛下說出能讓我提起幹勁的發言。該死的傢伙。

「還是你願意犧牲自己來打開通道呢？快點挖吧！」

「我們很努力了，陛下。」

回過神來才發現自己忍不住回嘴了。

「從昨天開始就幾乎沒有休息哦——對吧，達也？」

把泥土、石塊與沙子挖出來的我對著旁邊的搭檔這麼問道。

當然得不到任何回答。

「……嗚。」

只聽見對方發出這樣的呻吟聲。

動著鐵鍬的手沒有停下來。只是機械式地持續將土挖出。極度地駝背——空虛的表情。頭上戴著後半部消失的生鏽頭盔。後腦杓的部分因此整個外露。

這傢伙也是勇者。

我不清楚他的全名，只知道大家都叫他達也。隸屬勇者部隊的時間比其他人都長，是個謎一樣的男人。罪狀也不清楚。

正如所見，他不存在自我以及思考能力。因為死過太多次，或許應該說復活太多次的緣故。勇者每次復活都會失去許多東西。目前達也已經無法說話，看起來只會對外界的刺激產生反應來發出呻吟聲。

這也算是刑罰的一環。

以上就是負責此次任務——應該說可以出動的三名勇者。

諾魯卡由陛下、達也還有我。可以說是相當令人頭痛的成員。因為鐸達被我打到全身骨折送進修理廠了，所以這次不必擔心他的壞習慣。

然後除了勇者之外還有一個人。

「賽羅，你似乎很辛苦嘛。」

諾魯卡由身邊有一名少女很無聊般坐在木箱上。

即使在這樣的地下，金髮依然相當耀眼的「女神」泰奧莉塔。她雖然單手拿著鐵鍬，但是沒有進行任何作業。

無事可做大概讓她感到很痛苦吧。從剛才開始就一直想幫忙挖掘。

「我跟你交換如何？我現在非常有精神哦。」

「不行。」

我立刻加以否定。泰奧莉塔的體力不能浪費在這種作業上。

要借用她的力量，就得用在戰鬥上才行。這裡雖然是相當淺的地層，仍然是坑道的一部分。受到魔王現象影響的異形們不知道什麼時候會襲擊過來。

「在那邊睡一下，保持體力吧。」

「但是吾之騎士。你看起來相當疲憊了。」

泰奧莉塔果然提出了反駁。

「在這裡借用『女神』的力量，也是受到庇護者應該選擇的道路……說起來，我根本什麼都還沒做。這樣下去的話不是沒辦法得到褒獎了嗎？」

「妳什麼都不用做，只要坐在那裡我就會稱讚妳了。」

「我認為這一點都不值得稱讚。必須幫上什麼忙才行。」

「不用了。」

我感覺聲音開始變得刻薄。應該是疲勞感害的。

「拜託妳乖乖待在那裡就好。」

「……吾之騎士都這麼說了。」

「諾魯卡由陛下。注意一下，別讓『女神』大人過來幫忙。」

「那是當然的。」

諾魯卡由充滿威嚴地點了點頭。

「『女神』可是守護人民的護國之寶。這點小事怎麼能勞煩她呢……希望大人能原諒我們的失禮。」

對任何人都是一副高高在上態度的諾魯卡由，面對泰奧莉塔時姿態倒是放得相當低。

這也是全新發現的事實。也把今後可期待藉由泰奧莉塔來控制諾魯卡由一事告訴貝涅提姆那個傢伙吧。

「唔。」

泰奧莉塔咬緊嘴唇來表露出不滿的意思。

「了解了。就按照你所說的，暫時在旁邊觀察人類的工作吧。」

「拜託妳了。」

我忍耐著累積在全身的疲勞感，想著聊勝於無而伸了一下懶腰。接著氣喘吁吁地回過頭。

這個時候就看見了意料之外的臉孔。

「——賽羅・佛魯巴茲。」

是基維亞。

第十三騎士團團長。「女神」泰奧莉塔原本的契約者。

跟上次見到她時不同，身上穿著步兵用的甲冑。然後雖然不知道是在跟這個世界上的什麼東西戰鬥，不過她的眼神依然是那麼銳利。她的背後帶著一大堆手下的士兵。

「看來是有認真地在進行挖掘作業。」

「那還用說嗎？」

我反射性這麼回答。

「不好好做就會死啊。」

「……這樣啊。」

基維亞以看不出意圖的表情移動著視線。最後將視線放在「女神」泰奧莉塔身上。

「『女神』大人。還是不要待在這種地方，到我們的陣營去休息如何呢？」

「基維亞，怎麼這麼囉嗦，不是問很多遍了嗎？」

泰奧莉塔傲慢地揮了揮手。

「我說過沒關係了。必須在旁邊看著吾之騎士工作的情形。因為我是『女神』啊。」

「但是——」

「芭特謝・基維亞。感謝妳如此忠心，還擔心『女神』的情況！」

諾魯卡由突然發出聲音。

聲音聽起來還是跟平常一樣像個大人物。話說回來，基維亞是叫這個名字啊——想不到諾魯卡由竟然還記得。

「但是！『女神』她希望跟我們一起待在最前線來觀覽戰鬥。她必定會保佑我們吧。」

當基維亞說不出話來時，諾魯卡由又開口繼續說著。真是個不得了的傢伙。

「因此，我以國王的身分駁回妳的訴求。可以退下了。好好去盡自己的義務吧。」

「……喂，賽羅・佛魯巴茲。這個男人到底是……」

「隨便點頭配合一下吧。因為提出異議也沒有什麼用。」

「是受到勇者刑的復活影響嗎？記憶或者認知變得混亂——」

「本來就是這樣了。」

「這樣啊……」

基維亞雖然露出更為驚訝的表情，但似乎說服自己別去在意。乾咳了一聲後就瞪著我說：

「不論如何，看來按照預定進行著作業……令人有點意外。我聽說你們是不好好監督就不知道會做出什麼事情的部隊。」

「這個嘛，不知道會做出什麼事的是之前的那個鐸達。他真的很誇張。」

「關於那件事……」

基維亞說到這裡就打住了。感覺像是有什麼難言之隱。

「妳是怎麼了？要抱怨之前的事情是沒關係，但我可是一點辦法都沒有哦。」

「不，不是那樣。」

基維亞的視線游移，最後再次瞪著我。

「抱歉。」

「啥？為什麼道歉？」

「……我發現之前批評你的事情全是誤會。除了鐸達・魯茲拉斯的竊盜之外，也聽說你是為了拯救我們聖騎士團的游擊隊，在沒辦法的情況下才會跟泰奧莉塔大人簽訂契約。」

「嗯，是沒錯啦。」

但聽到對方道歉又覺得有點不太對。

這個女人沒做什麼壞事。不論是戰術上還是戰略上確實都沒有錯，至於那是不是壞事嘛，好像也不是。事情的好壞是由法庭審判來決定。

——關於這一點，我跟鐸達可以說是罪大惡極了吧。

「弄清楚這件事後，我就覺得應該要道歉。你在將損害壓抑到最小的情況下打倒了魔王。那個時候我沒能理解這件事。」

「哎，那個時候妳根本氣瘋了。我可以理解妳的心情啦。」

「就把它當成是對鐸達・魯茲拉斯所發的怒氣吧。話說回來，那個時候你為什麼不好好說明呢。」

「我說了妳會相信嗎？而且也沒有多餘的時間了，接著要面臨戰鬥時，還是帶點怒氣比較好，妳也這麼認為吧。」

聽見我說的話後，基維亞像是感到不服氣般緊閉著嘴巴。

「……既然是一起戰鬥的伙伴，下一次請好好地說明清楚。」

「竟然把懲罰勇者稱為伙伴，妳該不會是超級爛好人吧？那順便讓這次的作戰輕鬆一點，我會很感謝妳的。」

「別太得意忘形了。」

「至少伙食的配給也追加一些酒吧。」

「你這個傢伙——講話太沒禮貌了。夠了。總之先完成任務。沒空跟你進行無謂的閒聊。這次也是要來告訴你們接下來的作業工程。聽好了。接下來筆直往前挖之後，就按照這張地圖。」

基維亞在我眼前攤開一張很大的紙。

看見內容後，我忍不住眨了好幾次眼睛。到處可見像喝醉的蛇正在跳舞般的線，以及極為抽象的圖形混雜在一起。這就是張這樣的圖。這真的能稱為地圖嗎？

「希望把通道連接到北方。貫通到礦車軌道的話，再來就以這個作業員屯駐所為目標。」

「等等，喂。這個……這是房間？難道說……這是門嗎？」

「沒有錯。」

基維亞皺起眉頭。

「有什麼問題嗎？」

看見她背後那些部下的士兵有的搖頭有的正在聳肩。連我都能知道他們想說些什麼。也就是說這個女人完全沒有注意到自己的地圖有毀滅性的缺陷。

「畫在角落這個像狗的是什麼？」

「不是狗，它是礦車。一看就知道了吧。」

「……這樣啊。」

我回頭看向諾魯卡由。因為湧起是不是自己的感覺有問題的疑問——但這個男人也露出跟我差不多的表情。

「陛下，你覺得這份地圖如何？」

「唔嗯。原本以為是中期古典的美相主義維谷邁亞派的抽象畫，看來並非如此。」

「這大概是人吧？被埋在牆裡痛苦不堪的人。」

「朕看起來像是被蛇吞食的馬。不清楚為什麼畫了那麼多隻……」

「……那是預定紮營的前線基地！這是帳篷然後這是設置型的燈籠、鍋子、物資保管庫、能上鎖的門，還有附贈的老鼠！你們這些笨蛋在說什麼，現在是開玩笑的時候嗎？」

基維亞竟然毫不講理地對我們認真的意見大發脾氣。接著像是要求救一般，也對著泰奧莉塔舉起那張地圖。

「泰奧莉塔大人的話，應該能看得懂吧。希望您能嚴厲斥責拿人家繪製的地圖來開玩笑的兩個人。」

「咦……」

泰奧莉塔開始含糊其辭。

「那不是……壁畫的摹本而是地圖嗎？不會太難懂了？」

「看吧。一般來說都看不懂。」

「等等，剛才那句『附贈的老鼠』是什麼意思？朕對這一點感到很在意。」

「……呵……呵呵。」

聽見我們的發言後，基維亞的臉龐開始抽搐。看起來像在笑一樣。這女人的精神力確實相當頑強。

「泰奧莉塔大人您或許不知道，但這不是什麼藝術作品。沒錯。因為是軍事資料，所以能傳達最低限度的情報就可以了。」

「哦，是這樣嗎？」

「才不是。連最低限度的情報都沒傳達出去啦——喂，後面的那些手下，不要因為她是團長就太寵她了。指揮官這樣的話，將來會引發嚴重的問題哦。」

「你這傢伙胡說些什麼。」

基維亞露出危險的眼神時，身後的士兵們立刻有所反應。

「請……請冷靜下來，基維亞團長。那不過是懲罰勇者們的戲言。」

「是啊，目的達成了！我們回去吧！」

「但是！這樣身為諸君的代表兼聖騎士團團長的面子就……」

基維亞似乎還想說些什麼，但在眾士兵的安撫下最後還是離開了。雖然瞪著我的銳利目光令人在意，不過祈禱她能因此而重新審視自己的繪畫能力。

我們還有一大堆工作尚未完成，之後再去索取稍微像樣一點的地圖吧。

「休息時間到此為止吧。」

「唔嗯，沒錯。沒時間休息了！」

諾魯卡由這麼表示。

「重新開始挖掘。把延遲的進度補回來。賽羅你要跟達也看齊，他完全沒有閒聊只是持續進行著作業哦！」

諾魯卡由簡直就像是煤礦工地的監工一樣。

我嘆了一口氣，重新開始作業。

（不過這個任務真的有點奇怪。）

我不由得這麼想。

不單單是因為對我們必須做苦工所產生的不滿。對於這個坑道的處置本身就讓我覺得不太能接受了。

礦山異形化後如果只能放棄的話，基本上只要丟著不管就可以了。

把土地迷宮化的魔王現象主人，通常具有不會離開該處的傾向。如果是接下來要展開攻勢，那這裡就會是無法忽視的據點，但放棄庫本吉森林，為了迎接即將來臨的冬季而進入守勢的現在，實在不應該做這種事。

剩下來的可能性，我唯一能想到的就只有——沒錯。

是設陷阱讓我殺害賽涅露娃的那群傢伙所捏造的任務。不知道是貴族、軍部還是神殿，總之確實存在這樣的勢力。不然的話，那場審判不可能在那種極度荒謬的情況下被強行通過。也無法捏造不存在的部隊。

如此一來，那些傢伙的目的究竟是什麼？

如果不光是要找我的麻煩，那麼有可能是想殺害「女神」泰奧莉塔？

（事情開始變得可疑了。）

結果到了當天深夜才順利完成預定的工作進度。

衝出去的達也猛然揮舞著巨大的戰斧。

而且是以非比尋常的速度。虧他能在拿著那麼巨大的斧頭以及行李的情況下發揮出這樣的爆發力。

「咕咕……」

從達也的喉嚨深處發出低吼。

斧頭瞬間開始旋轉，黑暗深處響起肉體與骨頭碎裂的聲音。異形開始暴動。

「咕啊……」

達也如同野獸般跳起。

那傢伙像拿菜刀一樣輕鬆揮舞著原本必須兩手才拿得動的巨大戰斧。刀刃隨著某種陰慘的殘光逐漸破壞著異形們。

至於我則是只從後面扔了一把小刀。光是這樣就夠了。以小小的爆炸解決掉從達也死角突襲的異形。在這個封閉空間裡，藉由「薩提．芬德」聖印發動的爆炸也必須更加小心謹慎才行。且搞錯爆炸的威力就會倒大楣。

潛伏在陰暗處的異形總共有六隻——不對，加上我幹掉的傢伙共有七隻。

那種巨大蜈蚣型的異形是經常可見的種類。像這種多足且潛伏於地底的異形，統一稱其為「幻形怪」。不論是蜘蛛還是其他昆蟲型都是這個稱呼。

達也不分青紅皂白地把牠們全部擊潰。等到沒有會動的東西，他的行動就倏然停止。在旁人眼裡看起來就像是茫然呆立在那裡。

「這傢伙根本不需要我的護衛嘛。」

我看著停止動作的達也背部並且說出這樣的感想。

「看到了嗎，陛下？他用手肘敲碎了幻形怪的甲殼。」

雖然一直是這樣，不過達也的白刃戰鬥能力一直是超乎常人。雖說使用聖印的話我應該不會輸給他，但在這種天花板相當低的封閉空間裡，可能就需要多花點心思了。

「很好。不愧是我的精銳。」

諾魯卡由陛下滿足地點著頭。

他觸碰一隻手提著的油燈，撫摸刻畫在上面的聖印——結果光線就變強，開始照耀周圍。

雖然是聖印式油燈，但經過諾魯卡由調律之後就具備各式各樣的機能。據說也可作為通訊機與調理器具。像這種東西，一般來說是需要好幾個人分別負責設計與雕刻。但諾魯卡由能夠獨自完成，所以絕非凡人。

「很精彩的戰鬥。得給他一些獎賞才行。」

「但有點過勞了。差不多該讓他休息一下了吧。」

關於達也，還有一件事是已經知道的情報。雖然他能發揮出不知疲勞為何物般的運動能力，但那是因為那個傢伙不具有自我以及思考能力。過度勞動的話將會超過極限而突然昏倒。

「唔嗯。是時候了，地點也不錯。」

諾魯卡由陛下抬頭看著上方。

即使在建設到如此程度的坑道裡，這個地方也算是相當開闊的空間。看起來像足以給大約三十個人休息的大廳。

是用來做什麼的地方呢？雖然留著挖掘用的設備，但已經扭曲到看不出原本的形狀。或者是這個空間本身也異形化的緣故，讓這些設備跟著完成了意義不明的擴張。

「把這裡當成前線基地！賽羅，開始安營吧！」

「……了解。」

我點了點頭，從拖過來的雪橇上搬下物資。

它是軍用雪橇，擁有相當的重量。上面由諾魯卡由刻畫了聖印，用來搬運各種機材。

建立前線基地。這是我們懲罰勇者部隊被賦予的第二個任務。

第十三聖騎士團在狩獵著異形的情況下深入這個迷宮化的坑道。為了能安全地休息，需要有一個前線基地。

而達也完全不適合這樣的作業，諾魯卡由則不打算從事這種勞動工作。雖然從未見過這種

「工兵」，但也沒辦法了。諾魯卡由不會屈服於威脅，就算殺了他也不願意工作。在沒辦法的情況下，我只能先拉出成為支柱的木樁，盡可能在等距離之下開始把它們設置在地面。支柱上也刻畫著聖印，用繩子把它們圍起來的話就能形成防止異形靠近的防壁。

「賽羅！」

剩下來的一名伙伴——泰奧莉塔發出興奮的聲音並且抓住支柱。

「輪到我出場了吧？對吧？交給我吧！把這根棒子立起來就可以了吧？有多少根都沒問題！」

「冷靜點。」

我又把一根支柱刺進地面，並且制止了泰奧莉塔。本來是不應該讓她來幫忙才對。傻瓜才會讓「女神」把體力浪費在這種事情上。

只不過，泰奧莉塔已經無法忍耐了。她很可能擅自開始工作。

「大概間隔這樣的距離，拜託妳了。」

我大步走了三步左右，然後也在該處豎起支柱。

「辦得到嗎？」

「哼。這個問題對於『女神』泰奧莉塔來說實在太沒禮貌了！」

她很高興般用鼻子哼了一聲。接著從我豎立的支柱跳了三步。然後用力把支柱刺進地面。

「……就像這樣！交給我就對了。吾之騎士，你去休息吧。我會把所有的支柱立起來。結束後你要好好慰勞我哦。」

「好吧。」

我又豎起一根支柱並且點了點頭。像這樣的作業屬於輕鬆運動的範疇。支柱就交給泰奧莉塔，我先把其他雜事解決掉吧。於是我就把儲蓄了太陽光的蓄光槽放到地上。

「拜託妳了，『女神』大人。」

「好哦！」

可以聽見極為開朗的回應。簡直就像個小孩子——不論是什麼樣的內容，只要冠上「幫忙」兩個字，小孩子就總是想搶著做。

所以看著看著就感到一陣焦躁。對象不是泰奧莉塔，而是創造出她的某個人。

（其實……）

我壓抑下焦燥的心情思考著。

（應該讓泰奧莉塔幫忙到她本人感到心滿意足為止。這才是運用「女神」正確的方法。）

說起來，女神就是為了幫忙人類而誕生的存在。至少她們都認為「自己是為了得到人類的褒獎而存在」。既然如此，那就應該尊重她們的心情吧——確實有人這麼認為，我也不想否定這種看法。

我只不過是看見「女神」這樣的態度而不由得心頭火起罷了。

這樣的心情應該也傳遞到泰奧莉塔身上了吧。即使如此泰奧莉塔還是沒有停手的打算，像要表示不這麼做就失去存在的意義一樣工作著。

（隨便她吧。）

我知道自己只能看開。這不是只因為火大這個理由就能解決的地點與狀況。只要不停動著手腳就可以了。不久之後應該就能完成些什麼——這是絕對不會錯的事。

要做的事情實在太多了。

當天就必須設置兩處前線基地，加上還得準備提供給這兩個基地的補給物資。武器與防具也會因為戰鬥而消磨，糧食與醫藥品也會消耗。為了補充這些東西給攻略部隊，就需要我們這種先遣部隊製作保護容器，並且配置在路線上。

製作保護容器最重要的是不會太過堅固，以及不會給防衛機構添太多麻煩。

由於輕易被異形發現並且破壞的話就會變成做白工，所以必須設下靠近或者觸碰就會起動的陷阱。但陷阱要是太強大的話，就會變成人類的攻略部隊相當辛苦，要是因此而出現犧牲者就更是本末倒置了。

因此我必須監督諾魯卡由。比方說配置物資這第一項工作。

「唔嗯。」

發出沉吟聲後，那傢伙就把自己製作的保護容器設置在成為死路的坑道上，然後很滿意般點了點頭。

「真不愧是我，很棒的成品。應該能確實地提供順利來到此地的勇士優渥的報酬吧。」

「哇！」

泰奧莉塔表現出對於保護容器相當有興趣的模樣。

那是表面用鐵補強過的箱子，塗上白色反光塗料後在黑暗中也相當顯眼。使用蓄光玻璃的裝飾也很華麗。甚至讓人覺得有必要做到這種地步嗎？

「太厲害了！諾魯卡由，我可以靠近一點看嗎？」

「請稍等一下，「女神」。毫無防備地接近太危險了……要像這樣……」

諾魯卡由將石頭滾到保護容器附近——下個瞬間就有幾把尖銳的長槍從地面刺出，而且容器本體的鑰匙孔也噴出猛烈的火焰。那是有著清澈藍白色的火焰。

「啥啊？剛才那是？」

泰奧莉塔發出驚訝的聲音並且後仰，我也有了不祥的預感。

「喂，感覺剛才好像有什麼厲害的東西跑出來了。」

「正是如此，因為那是朕的自信作。隨便靠近者會被刺穿，不然就是被連岩石都能熔化的火焰燒死吧。殺戮處刑裝置，我取名叫『佐林普魯科夫』。意思是愚者的審判。」

「……那麼，要如何解除那個陷阱呢？」

「問得好！這很難解哦，慎重滾動石頭來確認的話，就能知道有誘發攻擊的地面與並非如此的地面吧。但其實那正是誘餌，觸碰到容器本體的瞬間，那個愚者就會遭到制裁火焰焚燒！要躲開這道火焰，就必須使用這把藏在其他地方的鑰匙——」

「知道了，現在立刻把它們撤走。達也壓仕諾魯卡由，然後把他的鑰匙拿走。」

「你……你說什麼！為什麼！太失禮了！」

「你這傢伙想讓攻略部隊全滅嗎？」

諾魯卡由雖然是具備不可思議技術的聖印調律技師，但像這種時候能力就會往負面發展。結果設置的陷阱有八成無法使用，只能留下最低限度的成品。

——像這樣在這處配置物資後，一天很快就過去了。在完成最低限度的目標，也就是設立兩個前線基地後，我們便開始用餐。

炊事用的設備是由諾魯卡由在地面刻畫聖印後即席完成。

「怎麼樣啊，吾之騎士。」

泰奧莉塔單手拿著鍋子挺起胸膛這麼說道。

「我也學會做菜了。帶著感謝的心意好好享用吧。」

說是做菜，其實只是簡單的料理。

這裡是戰場，而且我們是戰場上最底層的懲罰勇者。配給到的糧食當然不可能太高級。尤其是鐸達不在，貝涅提姆也沒有到前線來時，就必須做好粗茶淡飯的心理準備。那兩個傢伙一個擅長偷盜軍隊的伙食，一個則是擅長貪汙。

今天的食材是蔬菜與肉的碎片。把它們炒過後撒點鹽再加上帶來的調味液，最後用糯米包起來。然後再加上一片起司。泰奧莉塔按照我所教授的完成了料理。

「這樣根本填不飽肚子。沒想到竟然如此對待前線的士兵。」

吃著這種隨便的料理，諾魯卡由陛下似乎感到很氣憤。

「必須改善才行。軍糧的問題很嚴重。財政大臣人在哪裡？」

「那當然是在王宮裡啦。」

「必須追究他的責任！預算是否正確地分配下去了呢？最前線的軍糧是這種水準的話，根本無法保持士氣。」

「我贊成。不過得等這次的作戰結束之後才能處理。」

把諾魯卡由的妄言當真將會沒完沒了。一個搞不好可能連我都會受到陛下的妄想牽連，所以重點是要懂得適可而止。

達也在這方面就相當完美，完全沒有反應只是咀嚼著糯米。

「作戰的進行狀況如何呢，賽羅？應該很順利吧？」

泰奧莉塔一邊吃著自己做的「料理」，一邊很開心般這麼說道。

在這樣的地底吃著如此粗糙的食物，她為什麼還能這麼高興呢？看起來簡直就像來遠足一樣。

「魔王現象的來源應該很近了吧？」

「嗯……大概吧。」

我在腦袋裡畫著一路來到這裡的地圖。不是像基維亞所畫的前衛藝術般圖面，而是正式的地圖。

「照這個樣子來看，明天應該就能到達最深處了吧。」

「太簡單了。」

「女神」泰奧莉塔用鼻子發出「哼」一聲。

「只要有本女神的恩寵就沒問題了吧……我沒說錯吧？聖騎士團的成員們一定也很感謝我們才對吧？」

「順利的話，或許可以得到一些感謝吧。要打倒魔王的是那些傢伙就是了。」

「關於這一點，吾之騎士……」

泰奧莉塔壓低聲音。她眼睛裡的火焰正在燃燒。

「由我們自己來打倒魔王如何呢？有我的庇護以及吾之騎士和伙伴們的力量，這並非不可能！」

「我不想這麼做，何況說起來這根本是違反命令。」

「但是呢……身為『女神』，我還是得展現實績與威信才行……」

「不行。」

我不想因為再次違反命令而受到更悲慘的待遇。

「想打倒魔王的話，妳應該去跟著那個傢伙——基維亞才對。」

「咦！」

「因為那邊才是主力部隊。」

雖說泰奧莉塔離開我身邊就無法發揮「女神」原本的能力，但也有這樣的選項。

只不過目前的狀況確實無法閒置她這個戰力。把這兩種可能的選項放到天平上後——第十三聖騎士團的軍事負責人基維亞就決定尊重「女神」的意思。何況也向神殿借調了神官，這應該算是正確的判斷吧。

「為什麼過來我們這邊？」

「……那是什麼意思？」

泰奧莉塔露出不高興的表情。眼裡的火焰變得更強烈了。

「你們不需要我嗎？」

「我沒這麼說。」

這個時候我注意到了。泰奧莉塔的那種表情不是不高興而是不安。也聽出她的聲音微微地顫抖。

「當然很感謝妳願意與我們同行。」

「對吧！我就說吧！」

沒有把我的說明聽完，泰奧莉塔就站了起來。

「吾之騎士賽羅，你經常對我擺出傲慢的態度。」

「是嗎？」

「是的。展現更加需要我的態度，獻上感謝的言詞吧。還有要稱讚我。」

她說出一串話來，同時用手指著我。

「我——泰奧莉塔沒有讓你表示我是真正至高的『女神』的話實在嚥不下這口氣！」

我有種受到嚴厲指責的感覺。泰奧莉塔像是確信自己正確無誤般點著頭。

「我就是因此才會選擇與你同行！」

「不對，等一下哦……」

太難說明了。而且不只是這樣，還讓人很憂鬱。該怎麼說才好呢？我猶豫了幾秒鐘來思考如何用詞遣字——諾魯卡由就是在這個時候發出聲音。

「賽羅！」

那是嚴厲斥責般的聲音。原本以為他是因為我對泰奧莉塔的態度而生氣。

但並非如此。諾魯卡由手上舉著油燈。刻在上面的聖印正發出紅光。

「是來自本隊的通訊。這個……不太妙呢。」

「求救信號？」

諾魯卡由調律的聖印具備複數的機能。其中一個就是跟本隊通訊。

紅光代表發生某種緊急事態。

「——趕緊派遣救援——」

從油燈的聖印可以聽見這種細微的聲音。

但雜音相當多。金屬撞擊聲。閃電般猛烈的聲音。在戰鬥嗎？

「魔王現象——」

我、諾魯卡由以及泰奧莉塔幾乎是把耳朵貼在油燈上來聽聲音。

「受到襲擊。對方是……」

基維亞從噪音空檔傳過來的聲音，已經足以讓我們感到相當不耐煩了。

「——異形化的人類。這可能是——需要救助者——」

我跟諾魯卡由面面相覷，幾乎同時發出咂舌聲。

「今天已經很累了耶。」

「嗚嗚咕。咕嚕。」

達也像表示同意般發出低沉的呻吟。

才剛覺得事情怎麼如此順利。像這種時候，總是不會有什麼好事發生。

魔王現象也會對人類產生影響。

這是很正常的事。不論是植物還是動物，甚至是石頭與土壤都無法逃過魔王現象的魔掌。人類當然也不例外。唯一的例外就只有受到聖印保護的東西。

所以我們這些前線士兵都配給到避免異形化的聖印，村鎮也有刻畫了聖印的防壁。如果是出遠門的旅人，應該會攜帶護身符才對。

人類異形化的時候，將會產生比其他生物更大的變化。隨著時間經過而逐漸失去人類的外形。以我所遭遇過的最糟糕的例子來說，就是曾經看過全身長出許多「臉」與「內臟」，變得跟水蛭一樣的人。

當時我的部隊還有人吐了。

——從這方面來看，此時我們所遭遇到的異形已經保有大部分人類的模樣了。或許可以說保留太多了。

他們每一個都很高大。應該是變化成那樣了吧。皮膚覆蓋著閃亮的銀色甲殼，到處都黏著破爛的服裝碎片。

對方就是這樣的集團。

為了方便，有一個名稱專門用來稱呼這種受到礦物侵襲的人類型異形。神殿的學士會制定的名稱是「諾卡」。必須強行把他們跟人類做出區別。至少對於在前線戰鬥的我們來說是如此。

數量大約有一百左右。

諾卡會以不符外表的敏捷動作發動攻擊。這時徹底採取守勢的當然是聖騎士團這一邊。他們在地面設置了盾牌與柵欄，正在進行防衛戰。

「賽羅！『女神』泰奧莉塔！」

基維亞發出聲音。

那傢伙迅速刺出長槍，貫穿了一名──不對，是一隻諾卡。槍尖傳出「啪鏘」的劇烈聲響。擊碎覆蓋全身的甲殼後把諾卡轟飛了出去。應該是用了相關的聖印吧。

「看來居於下風。」

我說出一看就知道的情況。正在防衛的聖騎士大概有二十人左右。

要壓制這種異形化構造體時，必須採取將部隊分割為小集團的戰術，一邊藉由通訊來互相配合一邊與其交戰。在這樣的封閉空間內，一口氣投入一百人、一千人都占不了太大的優勢。反而增加了礦坑坍塌而遭一網打盡的危險性。

「吾之騎士……」

泰奧莉塔已經抓住我的手肘。好像立刻就要衝出去一樣。

「身為『女神』，必須拯救他們！」

「說得也是。」

這時候我脖子上的聖印也開始隱隱作痛。負有監督責任的基維亞死亡就等於勇者的死亡。但為了阻止這一點——

「基維亞聖騎士團長，要我們幫忙的話就下達命令。這是規定吧。」

「我知道。拜託你們夾擊敵人！」

我帶著諷刺意味的說法讓基維亞有些不高興般皺起眉頭。

但她立刻就做出正式的指示。趕至現場的我們跟騎士團形成了夾擊諾卡的態勢。

「好吧。上吧！」

諾魯卡由大聲叫著。

他本人似乎連一步都不想動，但外表卻相當有威嚴。

「朕之王國的精銳們啊！讓異形化的國民安息吧！」

雖然「朕之王國」這幾個字給人強烈的格格不入感，但就算在意也沒有用。

我跟達也幾乎是同時開始跟敵人交戰。我抱著泰奧莉塔跳起，達也則像野獸一樣身體前傾在地上奔跑。

「噗嗚啊嗚！」

達也的斧頭隨著這種奇妙的吼叫聲襲擊諾卡的背後。

「嘰咿咿——嚕啊啊啊啊！」

那些傢伙的皮膚礦物化了，原本應該相當堅硬才對，但是在達也的腕力前卻根本不算什麼。而且那傢伙揮舞的戰斧上還有諾魯卡由刻畫的聖印。

切斷之聖印。

只要它發揮機能，在鋒利度方面就會跟東方諸島產的銳利刀刃相同。一隻、兩隻……像折斷朽木般展開突擊。而我——只要抱著「女神」泰奧莉塔，就能採取更加迅速的手段。

輕輕一跳來越過眾諾卡的頭頂。這對我來說是輕而易舉。

「要壓抑一下力量，泰奧莉塔。一把就夠了。」

「這樣啊。」

似乎感到有些不滿，不過泰奧莉塔還是確實按照我的吩咐。

「完全無法滿足。」

她的手撫摸過空中——隨即誕生出劍刃。那是一把銳利的鋼劍。我抓住劍後，立刻把它丟向諾卡們。

乍看之下像是隨手一扔，但我是經過仔細的瞄準。在這種封閉空間裡必須降低威力。如果是我的話就辦得到。

對於聚集在一起且被達也壓制住的諾卡們來說，此時根本無處可逃。爆炸隨著白色閃光一起出現。被捲進爆炸的諾卡有十隻以上。雖然還有沒能幹掉的傢伙，但手腳也已經被炸飛了。

再來只要基維亞他們擊退敵人就可以了。

「進攻！」

就像跟降落的我錯身而過一般，聖騎士們開始展開反擊。彼此合作的聖騎士，其突擊力當然無庸置疑。

他們身上穿的甲冑也全都是強大的兵器。上面到處刻著聖印。

由複數聖印形成的軍用裝備通常稱為「印群」。目前已經成為固定的製品。攻擊用的聖印、防禦用的聖印、輕快機動戰鬥用的聖印。這些聖印會被刻畫在一起。

尤其是基維亞的甲冑與長槍，看起來是製造成適合打頭陣的白刃戰鬥。即使以護手彈開諾卡們敲擊般的拳頭也完全沒問題。像樹枝一樣揮舞著的長槍，輕鬆就粉碎異形化的表皮。

槍尖撞上表皮的瞬間就發出劇烈的聲響。我想應該是發出某種衝擊力的緣故。

那大概不是民間製品。應該是軍部開發的武器吧。可能是以防禦為主體，被稱為「掩擊印群」的成品。那真正是為了幫聖騎士保護「女神」並且展開突擊的武裝。

——因此戰鬥不久後就結束了。

解決所有異形之後，基維亞就以帶著威嚴的表情靠近我們。

「……感謝你們的救援。動作真快。」

「還好啦。」

幸好距離沒有很遠。看來是在聖騎士們出現犧牲者前就成功解圍了——但就算是這樣，基維亞手下的士兵們看著我們的眼神仍然相當冷淡。應該說可以清楚地感覺到厭惡感。

也難怪他們會這樣。我是犯下殺害「女神」這種莫名犯罪的重犯，諾魯卡由的王城恐怖活動也很有名。至於達也——他們應該搞不太清楚，但那種戰鬥方式跟野獸一樣的傢伙一定很嚇人才對。

我想就連基維亞應該也跟他們差不多。雖然跟之前不一樣，臉上沒有明顯地表露出厭惡感。只不過，從眼神就能知道她依然認為我們是可疑分子。大概就跟有負面傳聞的傭兵差不多吧。

能力雖然強但無法信用的犯罪者集團。

（……這樣的話，我們也就算了……）

讓我感到不可思議的是泰奧莉塔。

從聖騎士們的眼裡，也能感覺到對於泰奧莉塔的某種負面感情。這是為什麼呢？不對，說起來對於泰奧莉塔仍有些不解之處。

為什麼會在不讓其覺醒的情況下，放在棺材——或者應該說那個大箱子裡來搬運她呢？我試著從聖騎士們的表情裡搜尋這個線索。

但是基維亞在那之前就先開口表示：

「賽羅。抱歉，我想先檢討一下今後的作戰行動。」

「怎麼這麼客氣呢。」

我忍不住以諷刺的口氣回答。

「下達命令就可以了吧。」

「問題就是出現困難了。那些傢伙是人型的異形。」

「噢——」

這件事也一直讓我很在意。

人型異形的異形化程度將會隨著時間經過而加劇。那些傢伙仍保有大部分人類的模樣。所以應該是不久之前才變成異形。受影響的日子尚淺。就算粗略估計大概也只經過五天左右。

而這個坑道是在一個月前左右遭到封閉。

所以只能做出一個結論。

「這個坑道的某個地方還有人類嗎？」

「受到那些傢伙襲擊時，我就認為這個可能性相當高。然後現在有了確切的證據。」

基維亞指了一下背後。那是狹窄通路的一角。該處有一名穿著破爛服裝的人影。不是異形也不是聖騎士——是一個看起來非常憔悴的男人。可以看出他正不停地發抖。

當我注意到他時，基維亞就沉重地點了點頭。

「可以知道有數十名來不及脫逃的平民，以及這座礦山的礦工殘留在裡面。」

聽見後我差點昏了過去。

看妳幹的好事。先不管話題的內容——發言的時機實在太糟糕了。竟然在這種地方，還是在那個男人在的時候說出這種話。

「——好吧。那就發動拯救作戰。」

諾魯卡由陛下嚴肅地做出這樣的宣言。

他一定會這麼做。他的眼神相當認真，甚至有不容許任何人提出異議的威嚴。

「既然是這座礦山的礦工，就是為了朕盡心盡力的忠臣。」

面對呆住的基維亞，諾魯卡由揚聲表示：

「無論如何都要救他們！」

我心裡想著「應該辦不到吧」。

我很清楚聖騎士團與喀魯吐伊魯要塞以及神殿那群人。他們不是會允許進行這種作戰行動的魯莽集團。我也很了解他們的手法——大概是打算連同礦工一起殺掉吧。

「……等等。這我無法答應。」

基維亞說出理所當然的回答。她的臉嚴肅到讓人生厭。

「喀魯吐伊魯沒有下達救出殘存人員的命令。」

「妳說喀魯吐伊魯？」

諾魯卡由陛下嘲笑對方。

「真是愛說笑。這是朕下達的命令。」

我只知道諾魯卡由與真正的國王會用「朕」來稱呼自己。

「別管他們。軍部應該隸屬於行政機關。朕的命令有優先權！」

當然說出這種話也不會被當一回事的只會是諾魯卡由陛下。

「我已經跟喀魯吐伊魯通訊過了。」

基維亞輕嘆了一口氣。

「……他們表示救出平民跟當初的目的有異。聖騎士團為此而出現損害也沒有意義。那是擊破魔王現象後才應該處理的問題。」

「我想也是。」

我點了點頭。那些傢伙當然會這麼說。我不討厭這樣的決定。其實我本來很喜歡軍隊這種明快的行事作風。

「你覺得呢，賽羅．佛魯巴茲？」

「我嗎？」

我有點驚訝。沒想到基維亞會詢問我的意見。

「我正在問你的意見。只不過是想做個參考。我們下定決心進行救出作戰的話——」

基維亞在意起身後。其他聖騎士的視線都集中在她身上。

這下我就懂了。她的表情僵硬。而且有些猶豫。

「你預測會受到何種程度的損害？」

因為對自己的想法感到不安，所以才會提出這個問題。而且問的還不是自己部隊的參謀或副官，而是像我這種完全不相干的外人，看來事態真的很嚴重。

總而言之，這個團長——名為基維亞的人物，就算在部隊裡面也受到孤立。

（原來如此，有點微妙的立場嗎？）

之所以之前都沒聽過這個編號的部隊，應該是最近才剛設立的緣故。如此一來，基維亞就是新任的團長。

而且從她這麼年輕來看，指揮正式戰鬥的經驗應該很少。部下們對她的信賴度應該不高。再加上之前曾在庫本吉森林發生那件應該稱為失態的事故。我能理解她不徵求部下而是詢問外部人士意見的心情。

——但這完全是錯誤的選擇。

光是現在尋求我的意見，就能感覺到部下們帶刺的視線了。

（接下來能知道的是……）

我感到非常憂鬱。

（基維亞想盡可能救出殘存的人員。但部下們不願意陪她做如此危險的事……我比較能體會部下的心情。）

既然隸屬於聖騎士團，不是貴族出身，就是從市民晉升上來的人。

當然不想失去已經擁有的東西，也不想因為違反軍部命令的作戰而喪失好不容易才掌握的出人頭地機會。這是理所當然的事情。

（反而是基維亞比較有問題。）

我做出這樣的結論。

「賽羅・佛魯巴茲。說出你的意見。」

基維亞以命令的口氣這麼說道。既然她這麼做了，我也只能遵從命令。

「如果前去救出人員，就必須有受到嚴重損害的覺悟。」

我老實地說出想法。也只能這麼做了。

「必須在眾異形殺至的情況下，一邊保護平民一邊撤退。而且再考慮到要從如此狹窄的地形離開——」

稍微思考一下，就能理解那會是相當慘烈的狀態。

「不知道會受到多少損害。也要看魔王現象的對象。」

「這樣啊。」

基維亞的表情一皺，說道：

「可是——聖騎士本來就應該為民犧牲……」

「……基維亞團長。很抱歉，屬下請求發言。」

從背後傳來指責般的聲音。

從剛才就明顯露出不滿表情的其中一人。看來——並非士兵。白色貫頭衣加上掛在脖子上的鐵製大聖印正是他在聖殿工作的證明。應該是神殿派遣過來的神官吧。

像這樣的傢伙通常會是騎士團的參謀兼聖印調律技師。

「恕屬下僭越。現在需要徵詢這個男人的意見嗎？應該按照預定來進行作戰才對吧。」

他的眼睛透露出的意思是「別讓我說這種早就知道的事情」。

這名神官仍很年輕——應該絕對不想死才對。而且也能夠理解他不想聽懲罰勇者的意見，然後跟著進行愚蠢作戰的心理。

「嗯。」

「藉由設置焦土印來封鎖坑道。這才是喀魯吐伊魯的指示吧。」

基維亞輕點了一下頭。

「沒錯。」

搞懂作戰計畫了。是面對這種異形化構造體經常會採取的手段。

只要完成討伐魔王這個目的就可以了。也就是在合適的地方配置焦土印然後一起引爆來破壞整個結構體。這可以說是相當有效的手段。可以將魔王現象與異形一網打盡。

問題是——

「這樣我們就等於捨棄了國民！」

諾魯卡由陛下發出怒吼。同時散發出絕不退讓的氣魄。我們部隊經常出現這種情形。

「再說一次。變更作戰計畫！這是王命！你們這些傢伙要——反……反……反叛朕嗎！」

「……啊啊，這實在太慘了。」

男性神官看著諾魯卡由並且抱著頭。

「我看不下去了……諾魯卡由・聖利茲……賢人何魯特的閉門弟子，那個學士會引以為傲的英才竟然淪落到這種地步。」

他以似乎認識諾魯卡由的口氣這麼說道。

我頓時浮現「話說回來……」的想法。關於聖印調律，主要是由神殿的學士會來進行研究。而要學習這個技術也僅限於軍部或者神殿當中。如此一來，諾魯卡由陛下原本是神殿出身嗎？

稍微有點在意，到底是發生什麼事才讓他變成這樣。只有一點點而已。現在得先讓這傢伙安靜下來才行——不對，其實早就知道根本辦不到這種事情。真的能光靠嘴巴來說服諾魯卡由陛下嗎？貝涅提姆的話，或許就辦得到這種事情吧？

當我檢討這種可能性時，其實內心早就做出結論了。

「你們這些傢伙！」

諾魯卡由陛下面紅耳赤地怒吼著。

「這些……這些亂臣賊子！企圖顛覆國家的奸黨！我要下令把你們全部處決，一個都不放過！」

「冷靜啊，陛下！」

「閉嘴，賽羅。你也想背叛嗎！這樣的話朕也有自己的想法！」

「我也有啊……基維亞，讓我跟聖騎士團提案吧。」

連我自己都覺得怎麼會想出如此愚蠢的計畫。

即使如此為什麼還是刻意這麼說呢，其實我在自己內心也找不到理由。

背負弒殺女神之罪，被逐出聖騎士團時——我就失去自己心中應該稱為理想的東西。還是聖騎士的時候，認為能靠著戰鬥保護什麼人。相信擊退那些魔王現象能創造出不需要害怕牠們的日子。

但注意到「那些傢伙」的存在後，就覺得自己實在太蠢了。

在賭上人類存亡的戰鬥之中，設下陷阱讓我殺害「女神」的「那些傢伙」。我必須對那些傢伙報一箭之仇，對於戰鬥的理想也一點都不剩了。為了連長相都不知道的某人而戰什麼的，過去的我真的是瘋了。

（只不過——）

我從剛才就注意到一道視線。

不是聖騎士團的那些傢伙。是「女神」。泰奧莉塔正看著我。

泰奧莉塔從剛才就一言不發。露出像是在害怕什麼——或者期待些什麼的眼神。老實說，真的很希望她不要這樣。至於她為什麼會保持沉默，是因為知道沉默比較有效嗎？

大概不是吧。泰奧莉塔是真的感到害怕。

（嗯，也難怪啦。）

我很了解「女神」。

渴望獲得人類稱讚的她們，相對地非常害怕遭受人類否定。是打從心底感到害怕。尤其是被自己選擇的聖騎士否定的話，將會露出死亡般的表情。

所以泰奧莉塔才無法發言。因為感覺到現場每個人——除了諾魯卡由以外的人應該都會否定自己的意見，所以才說不出話來吧。

（而且這個笨蛋……）

正在大肆怒吼的諾魯卡由。說的話是一點都沒有錯。如果這傢伙真的是國王的話，那做出這樣的判斷也沒問題吧。應該可以得到不少的擁護。

然後像這樣繼續怒吼的話就會死。敢反抗聖騎士團的話，脖子上的聖印不會饒過他。違反命令的話絕對會死亡。

（怎麼每個傢伙都這樣。）

突然覺得很火大。我老是這樣。總是因為這樣而搞砸一切。

不論是泰奧莉塔還是諾魯卡由，都是想利用犧牲自己般的行動來改變些什麼的混球。為什麼這麼想死呢？淨說些任性的話！

回過神來時，我已經推開諾魯卡由陛下站到基維亞面前。

「我要提案……我們留下來去救出作業員。」

雖然終於這麼說了，但其實那些傢伙根本就不重要。我不像「女神」和諾魯卡由那麼有正義感。

只是因為很火大的緣故。

「只靠我們勇者部隊來完成任務。我們已經完成坑道最深處的前線基地設置——這樣就夠了吧。你們只要按照自己的計畫去做就可以了。」

可以知道諾魯卡由陛下滿足地點了點頭，泰奧莉塔的眼睛像火焰一樣燃燒了起來。別這樣，很悶熱耶。

「我們自己去進行救出作業。來不及的話就活埋我們吧。這樣總可以了吧？」

基維亞的臉繃得更緊了，神官則是露出苦笑。

那是表示「隨便你們吧」的笑法。也難怪他會這樣。我要是看見像我這樣的傢伙也會忍不住笑出來吧。而且不只是覺得「隨便你們」，甚至會認為「想死就去死吧」。

「就算失敗，也只有我們這些勇者死亡而已。」

「……賽羅！吾之騎士！」

泰奧莉塔抓住我的手臂。

或者應該說纏住我的手臂比較正確。她的體重就跟小型犬差不多。

「這才是吾之騎士。勇敢的發言證明了我的眼光沒有錯。」

泰奧莉塔高興到快要跳起來一樣。應該說，她真的輕跳起來了。

「可以吧，基維亞！神官啊！等到成功救出時，你們就要稱讚我們的偉業——」

「當然，這個『女神』就交給你們。」

「咦！」

泰奧莉塔露出愕然的表情。

不過本來就該這樣——帶著「女神」去進行可能會遭到活埋的工作，對方不可能允許這種愚蠢的行為。

我抱起纏住我手臂的泰奧莉塔，把她遞給基維亞。她真的很輕。

「等一下，吾之騎士！你竟然騙我！這是萬死也不足惜的行為哦！」

泰奧莉塔雖然不停掙扎，但我也沒辦法。說起來我根本沒有騙她。

「順利成功回來的話，記得歡迎我。」

基維亞沉默無語，神官苦笑著搖了搖頭，然後轉身背對我們。

這就是回答了。於是我們就這樣幫自己掘了深深的墓穴。

刑罰：澤汪．卡恩坑道壓制前導 4

礦山礦工們的祕密基地此時已經可以說是極限狀態。

在坑道深處的盡頭，鋪設著軌道的道路前方。

該處設有一棟小屋——或許應該說簡陋碉堡般的建築物。

被拿來代替防壁的是挖掘用的機材，以及運輸人員用的大型礦車。礦車本來就足有一棟小屋的大小，因此把它們並排起來當成牆壁。

只不過，這些牆壁也已經殘破不堪。一看就知道當大型異形襲來時絕對無法抵擋。從魔王現象的魔掌底下保護人身安全的聖印，也只發出微弱的光芒。儲蓄的光能已經快耗盡了。這個地方沒有作為燃料的太陽光，因此不論什麼樣的聖印都消耗得相當快。

因為這種狀況，他們目前正受到襲擊。

我跟諾魯卡由、達也好不容才闖入這樣的場面中。

相當肥大化的蜈蚣型幻形怪們到處肆虐，像是立刻就要破壞防壁。異形的利牙在生鏽的礦車防壁上咬出洞來。可以聽見有人發出悲鳴。

「上吧！」

陛下迅速地下達指示。

「開始進軍！救出朕的子民！」

雖然是亂七八糟的指示，但內容本身倒是相當正確。在沒辦法的情況下，我跟達也就立刻遵從陛下的命令。

一下子就分出勝負了。

「噗嗚啊！」

達也衝進去打破幻形怪的頭、達也揮舞戰斧把幻形怪的胴體砍成兩半、達也跳起來粉碎幻形怪的下顎。

十幾秒後現場就安靜了下來。

光是這麼說的話，可能看起來只有達也在工作。嗯，其實真的是這樣。不過我也做了只有我才能完成的工作。

除了保護礦山的礦工之外，也得跟達也說明那些看起來像是異形化發病的男人們其實並非敵人——亦即是我們前來救助的伙伴。

剩下的礦工共有二十四個人，全都相當疲憊了。幸好沒有人已經虛弱到無法動彈。這樣的傢伙，不是早就已經死亡就是被處理掉了吧。我心裡想著現在還是先別問這些事情。

「……沒想到會有人來救我們。」

應該是現場工頭的年長男性這麼說。臉上仍是在作夢——而且是作惡夢一般的表情。

「是聖騎士團的人嗎？」

「嗯……是聖騎士團的命令啦。」

我沒有說出實話。要是知道我們是懲罰勇者，他們會再次感到絕望吧。

「首先，所有人武裝起來。」

我在腦袋裡整理應該做的事情。

想要離開這裡，就先得讓這些非戰鬥人員擁有保護自身安全的手段。我們絕對不可能保護純粹是負擔的複數人員。

我注意起現場的資源。其中有拿著鐵鍬，也有拿著鶴嘴鎬與木棒的男人。這樣就夠了。不然石頭也可以。可以把這些全都變成能夠保護自身安全的武器。我們擁有這樣的手段。

「在那邊的諾魯卡由陛下是聖印調律的專家。可以讓你們武裝起來。每個人都要拿著武器。」

「……諾魯卡由……陛下？」

「大家是這麼稱呼他的。」

礦工們雖然浮現困惑的表情，但也只能不加理會了。總之現在時間嚴重不足。

「放心吧，各位！朕的忠臣們啊！」

諾魯卡由陛下如此呼喊的聲音裡確實帶著某種領導者般的餘韻——總之就是有這樣的感覺。

「離開這裡後，諸位的奮鬥一定會有回報！跟著朕目前在這裡的直屬精銳們前進吧！」

真是威風八面的演說。此時我拍了拍達也的肩膀，即使知道這根本沒有意義，或許應該說正因為沒有意義才要這麼做。那傢伙則是用空虛的表情看著我。只是對刺激有所反應而已。

達也究竟發生了什麼事，老實說我不清楚詳情。不過曾聽說他是被「女神」召喚過來的異世界人民。

傳聞說他惹了「女神」不高興。又說他在異世界裡是殺戮技術最高超的人。還有他是專門以虐待、殺害女性為興趣的男人，也因此而被召喚，又因此而犧牲性命成為勇者之類的。總之就是有這樣的傳聞。

不論是真是假其實都不重要。

現在的達也沒有自我與思考能力，只是一名勇者。他是不論處於再嚴酷的狀況都不會感到絕望的男人。因為沒有那樣的機能。跟諾魯卡由還有我一樣只能戰鬥。

「達也，打先鋒吧。開出一條路來。」

在一把鶴嘴鎬上刻畫簡易聖印的陛下這麼說道。

那是簡單的護身聖印，以及輕微的破碎聖印。能帶來只要揮舞一兩次就能輕易破壞岩石的力量。經由諾魯卡由親手刻畫，聖印的效果就能持續更久且更有威力。

但是一遇上異形的那種數量，也只能拿來安慰一下自己。

「互相守護對方的背部！朕不打算拋下任何人！還有賽羅，你——」

「我知道。」

我數著剩餘的小刀數量並且點了點頭。這種情況的話，我應該待在最後面。以專門用語來說就是殿後。這個工作不適合達也，也不可能交給諾魯卡由。

我很清楚諾魯卡由的戰鬥能力。體格雖然壯碩，但也僅止於此。

「從後面跟上。不想跟過來的傢伙早點告訴我。」

我環視了一下諸礦工，然後刻意以輕鬆的口氣表示：

「在情況惡化到最糟之前就把事情結束掉吧。」

礦工們露出更加悲愴的表情。

「賽羅，我信任你的能力。」

諾魯卡由陛下一邊在木棍上刻畫聖印一邊這麼表示。

「順利生還的話，就讓你擔任軍部的總帥吧。屆時就能享受至高的名譽。」

「實在太榮幸了。」

我只能這麼回答。也就是說，這場戰鬥根本沒有什麼榮耀與名譽。

就算順利，也只能得到二十四個疲憊不堪的男人成功活下來的結果。失敗的可能性大多了。

也不可能打倒魔王。那並非我們的責任。聖騎士會把魔王連同坑道一起粉碎吧。

只存在地獄般的麻煩以及失敗時的苦痛等風險。

（開始變得像懲罰了。）

我一邊自嘲一邊抽出一把小刀。諾魯卡由的聖印調律作業雖然仍在進行當中，但根本沒時間看著他完成了。

「陛下，差不多該移動了。」

我注意到振動。

有什麼東西靠近了。至於是什麼東西，在這種情況下也只會是異形。就像要證明這一點般，後面的土牆碎裂了。露出一看就相當凶惡的蜈蚣型幻形怪的下顎。某個礦工發出悲鳴並且跌坐到地上。

「立刻站起來！」

我簡短地這麼宣告，接著投擲小刀。馬上就得耗費一把武器。「薩提・芬德」聖印將幻形怪的頭部轟飛。

「再有人跌倒就不留情面地把他留下來。」

我的宣言在狹窄的坑道內產生回音。

「自己的安全由自己保護。諾魯卡由陛下是這麼說的。」

或許是為了掩蓋不安的心情吧，礦工們發出了喊叫聲。吼叫聲混雜了率先跑起來的達也發出的低吼，變成了來自地獄般的尖叫。

感覺幻形怪們正從四面八方靠近。現在正是展現實力的時候。輕鬆度過難關，之後再跟大家炫耀一番。

我看向諾魯卡由陛下的臉。

「最先死的就是你哦，賽羅。」

陛下賜下了令人感動的金言。

「下一個是朕，第三個死的是達也。跟盡忠的人民比起來，我們的性命根本算不了什麼！」

真是個了不起的國王。

這傢伙雖然無法溝通，但並不討人厭。

◆

說到為什麼礦工們會被留在這裡，其實只有一個理由。

就是聯絡的速度實在太慢了。關於人民的逃難，聯合王國行政室下達的指示其實是有優先順序。

首先是兒童，接著是病人、女性、老人，然後是聖印調律的技術人員、持有機材的商人、軍人——最後才是勞工。

這應該是神殿與軍部爭執下所做出的結論吧。無論如何都高舉救濟弱者教義的神殿，以及以實利為最優先的軍部談判優先順序後才得到這樣的結果。

神殿與軍部的對立從聯合王國成立的當初就是個人問題。這跟誰才是好人無關。只是雙方負責的領域實在有太大的差異。

但要是連出資的貴族們都被捲進去的話，事情就真的一發不可收拾了。高唱改革並斷然準備實行的宰相也在五年前突然死亡，於是又重新開始混亂狀態。

「一開始……有五十個人。」

礦工們的工頭踩著虛浮，不對，應該說踉蹌的腳步這麼說道。

據說這五十個人逐漸變得不太對勁。

「……有個傢伙到了晚上就會說『聽得到聲音』。在睡覺的時候，那個傢伙……就不知道消失到哪去……然後回來的時候已經變成怪物了。」

（聲音嗎？）

我將注意力放在這一點上。說不定會是跟成為這座礦山核心的魔王現象有關的線索。也存在能讓人類的精神出現異常的魔王現象。

這種時候──

「賽羅！要來嘍！」

諾魯卡由陛下發出的怒吼跟礦工們的悲鳴重疊在一起。

排成長列逃走的他們，旁邊的土牆開始傳出「咕啵咕啵」的異樣聲響。那是蜈蚣型幻形怪在地底移動的聲音。

如此一來就只能由我來應付了。達也正打頭陣擊潰擋住去路的幻形怪們，諾魯卡由陛下則沒有戰鬥能力與軍事上的指揮能力。

「舉起鐵鍬。」

我對礦工們下達命令。盡可能以冷靜、輕鬆且高傲的口氣。

事先讓隊列中段的五個人左右拿著狀況良好的鐵鍬。它比鶴嘴鎬還輕，而且因為前端是鐵打造的，也能發揮不小的威力。

「頭一冒出來就揍下去。要來嘍。再後退半步——再退一點。好，就是現在——上吧！」

只有最後的「上吧！」是用吼的。

這樣才有氣勢。礦夫們的鐵鍬往幻形怪突出的鼻尖敲下去。聖印立刻發揮機能，撞擊聲後堅硬的下顎就出現龜裂。

如此一來，發出悲鳴的就換成幻形怪了。異形試著把頭縮回去，但當然不會讓牠逃走。我立刻開始投擲小刀。只要浸透最小限度的聖印之力即可。刺中頭部後光線爆開，體液跟著四散。

這一擊就收拾了眼前的情況。

「好。稍作休息！受傷的傢伙先止血。可以喝水但只能喝一口。」

我一邊怒吼，一邊從幻形怪破碎的頭顱撿起小刀。

鋼鐵刀身變得滾燙，用指尖一彈的話應該馬上會折斷。這就是使用「薩提・芬德」雷擊的困難之處。作為砲彈的媒介物，很容易就再也無法使用。我還是聖騎士的時候，就配給了由專用工坊所打造出來的小刀。

現在只能用手邊所有的資源來度過難關了。

「這條路沒錯吧，賽羅。」

諾魯卡由陛下像是很不滿般小聲對我詢問。

「跟我們來時的路不一樣。」

「已經是以最短距離移動了。達也不會弄錯路。」

前進的方向已經確定下來了，也已經事先透露給達也知道。

我們刻意朝著跟聖騎士團撤退路線相反的方向。

跟我們建立的前線基地，以及連結這些基地的捷徑通道完全不同的道路。如果聖騎士團完成一路設置焦土印到最深處的任務，那麼他們的移動與工作應該都沒有被魔王現象察覺才對。

他們會成為比我們還優先的攻擊對象吧。讓他們把主力部隊吸引過去，這個想法獲得很大的成功。雖然有敵人殺到，但數量不會過多。

雖然必須趕路——但到這邊附近已經是強行軍的界限了。也得顧及礦工們的疲勞。幻形怪們也差不多該覺得我們很礙眼了。遭遇率正逐漸增加。我原本就認為到了某個時候就會有猛烈的攻勢襲來。

只要能突破這波攻勢就有希望。

「邊休息邊聽我說。」

我對喘著氣的礦工們這麼宣告。

「我們將在這裡組成戰線。然後在此擋住追擊，只要暫時就可以了。然後現在還頗有體力的傢伙舉手，三個人跟達也一起過去。那邊算是游擊隊——達也，按照開會時所說的行動吧。」

確認達也用力點了點頭後，我就環視著所有人。

「抱歉，還需要大家再盡最後一份力。辦得到嗎？」

所有人應該都想活下去才對。礦工們面面相覷，看得出他們試著要抓住最後一縷希望——不對，等一下哦。希望？

「既然你們都這麼說了就辦得到。」

礦工們的工頭點了點頭。

「你們……不是聖騎士團的人吧？我聽說過那個……脖子上的聖印……」

「什麼嘛，你知道這個東西嗎？」

如此一來，說謊也沒有用了。

「看來我們是有名人，也難怪啦。你聽說我們是世上最差勁的惡人集團了嗎？」

「就算是最差勁的惡人，你們還是來救我們了。」

礦工工頭因為我的玩笑而稍微露出笑容，能有這樣的從容心態真是太好了。

「所以我們不論有什麼下場，至少……能死得像樣一點才對吧。」

「別說這種不吉祥的話。才不會讓你們死哩。」

「唔嗯，活著為國家出一份力吧。」

我揮動一隻手，諾魯卡由則是沉重地點了點頭。雖然意見一致讓人覺得有點噁心，但也沒辦法了。即使想抱怨個一兩句，接下來的客人也已經到了。

不只從正面過來，頭頂與腳底下也傳來土壤被刨碎的聲音。

「達也，帶三個人過去！從右手邊的通道！」

說完之後，我就以略為加強的力道踢向地面

（數量大概比剛才多。）

從回聲的程度可以預測得出來。在以聲響來搜敵的能力方面，過去的我準確度還要更高一些。探查印「羅亞特」。這個聖印雖然已經遭到封印，但大致上的感覺還殘留著。在攸關性命的狀況下所經驗的感應，身體似乎特別容易記住。即使是現在也還能多少做出預測。

「要來了。」

土壤稍微碎裂。天花板、牆壁、地面等四面八方的土壤被咬破，新的敵人現出身影。堵塞了前後的通道，形成了包圍的局面，不過這也是早就預料到的事情。

（放馬過來吧。）

出現的幻形怪裡，有許多都朝我這裡殺過來。這是真正的攻勢。那些傢伙似乎也了解我們之中誰會構成威脅了。

算有點小聰明。但也僅只於此。

「後退十五步！別著急，我來阻止後面的敵人。」

這裡是關鍵時刻。

必須避免在被包圍的情況下戰鬥。雖說需要突破後方包圍來重整態勢，但我很清楚維持秩序的撤退可以說難如登天。只要稍有混亂立刻就會變成潰逃。為了防止這一點，必須要準備沉穩的殿軍。

這時候能辦到這一點的就只有我了。

「上吧！」

我把小刀往後面丟去。

刀上已經充分浸透聖印之力。這樣就能打開後退的道路。強烈的爆炸一瞬間在黑暗中發出炫目光芒，礦工們揮舞著鶴嘴鎬與鐵鍬，拚命地跑過去。

在這樣的情況中，我獨自在後退的集團最後面舉起武器。這也是諾魯卡由施加了簡易聖印的武器，是把小刀固定在木棒前端的即席長槍。

「別太囂張了。」

發現幻形怪朝我衝過來後就退了一步。可以清楚看見對方的動作。於是把手裡的長槍刺出。貫穿敵人頭部的縫隙，為了撐過下一波攻勢而繼續退了一步、兩步。利牙尖端掠過我的小腿。我跟著又踢飛撲上來的傢伙。

快喘不過氣了。即使如此，還是硬撐到再過一兩次攻擊就到極限的地步。

就是因為如此盡力，情況才能逐漸好轉。

「很好——上吧！把牠們趕回去！」

「唔嗯。上啊！朕的精銳們！」

「哦哦嗚……」

礦工們確實地回應了我的信號與諾魯卡由傲慢的命令。眾人隨著地鳴般的吼叫聲前進。可以證明剛才工頭所說的話不是謊言。後退十五步距離的集團，避開幻形怪們的包圍網後，獲得了進行突擊的空間。

鐵鍬與鶴嘴鎬一起刺了出去。幻形怪的頭部粉碎。叫聲與金屬聲。幻形怪開始反擊。雙方直接正面衝突，逐漸變成正式戰鬥的模樣。如此一來將對礦工們不利。戰鬥技術與身體能力將會出現差距。

但目前這樣就可以了。先挫對方前鋒的銳氣來爭取時間。

「——咕嗚嗚嗚嗚嗚嚕啊啊啊啊！」

從坑道深處傳來叫聲。

達也與三名礦工從幻形怪後面衝了過來。這也就是偽裝後退，誘敵深入後進行反擊，最後再讓迂迴的游擊隊從敵人背後攻擊。雖然是歷史上不知道重複過多少次的古典手法，但現在依然是有效的戰術。

幻影怪們產生混亂。開始出現互相衝撞的個體。這時達也就揮舞著戰斧衝過去，把兩隻異形一起粉碎。

「啊啊啊啊啊嗚嗚嗚嗚！」

達也的吼叫聲拖著長長的尾音。回聲迴盪之中——這時候是分出勝負的關鍵。我抽出一把保留下來的小刀。

「轟……」

將其舉起。

「飛……」

把聖印之力浸透到小刀上。

「牠們吧。」

將小刀擲出。

爆炸與閃光把因為達也他們的攻勢而膽怯的幻影怪一起轟飛。

（還有幾隻？）

事先想好的戰術能發揮的效果到此為止，接下來就是混戰。我率先衝入敵營。腳用力一踏後立即躍起，在千鈞一髮之際躲開斬擊。就像要表現我正是這些傢伙最大的威脅般戰鬥並且殘殺。

（還不夠。要吸引牠們的注意。）

我像在跟達也競爭一樣造成一片血海。達也發出咆哮，我也學他這麼做。

「滾過來這裡！別讓我無聊啊！」

藉由這麼做來分散礦工們的注意力。心臟猛烈跳動到像要破裂一樣，讓我們自己也一直保持警戒。

不過我跟達也都在最後關頭失守了。那樣的瞬間終於來臨。

幾隻幻影怪穿越我跟達也的迎擊。張開下顎，將排滿利牙的某個異樣器官露出。光靠礦工們的迎擊無法應對牠們的進攻。反擊一個失手，其中一名男性的腳就被咬中了。悲鳴響起。幻形怪全都往那個傢伙衝去。這下糟了。

（可惡。）

我試著強行反轉身體。

自己都認為這是不智的選擇。在背對敵人，做出負傷的覺悟下——下個瞬間，那些傢伙的頭部就長出鋼劍來。

一瞬間還以為這是幻形怪不為人知的生態。

但不可能有這種事。劍是從虛空中落下來的物體。幻形怪們噴灑體液，發出痛苦的悲鳴。我試著要理解發生的事情而凝眼觀看。黑暗中爆出了火花。地點是通道深處。在揮動戰斧的達也更後面的地方，一雙火焰般的眼睛正發出光芒。

「抱歉讓大家久等了。」

「女神」泰奧莉塔以有些沙啞的聲音如此宣告。

她的臉頰泛紅，呼吸也有點急促。連那個虛榮心相當強的「女神」都無法隱藏的疲勞模樣，正顯示出她是多麼急著趕到這裡來。也可能是顯示出她費了多大的工夫才離開聖騎士團來到這裡。

「劍之『女神』泰奧莉塔現在來到現場。各位，可以盡情地稱讚、褒獎我了！來吧，吾之騎士賽羅。讓我聽聽你歡喜的聲音。」

這串愚蠢的開場白——實在太有品味了。

刑罰：澤汪・卡恩坑道壓制前導5

泰奧莉塔的出現帶來了好消息與壞消息。

第一個好消息是時間限制消失了。事到如今，聖騎士團也不可能立刻起動焦土印。應該不可能連「女神」泰奧莉塔都一起活埋吧。

第二個好消息是能夠確保大量的劍。而且是優良的鐵劍。

「朕來賦予聖印！把完成的劍插在地面。用它來製造柵欄！」

諾魯卡由陛下難得會發揮符合工兵身分的作用。

「『女神』站在我們這邊。感謝大人來此賜予我們祝福！」

「嗯，交給我吧，諾魯卡由。」

泰奧莉塔露出威風且堅強的微笑。那兩個人的對話莫名地契合真的讓人很頭痛。

「只要有我跟吾之騎士在，就不可能會落敗。」

只要有泰奧莉塔呼喚的劍，就能刻上防禦用的聖印並且完成柵欄。

現在需要在這裡建立起緊急的防禦陣地。反正之後一定有追擊。為了防止追擊，總之要先吵吵鬧鬧地戰鬥一番，藉此來達成與聖騎士團會合的目標。對方應該正在找我們才對。

另一方面，泰奧莉塔出現帶來的壞消息，就是剛才所舉的兩件好消息之外的一切。

「妳在做什麼？」

我毫不掩飾自己的焦躁。

「泰奧莉塔，聖騎士那些傢伙呢？妳為什麼來這種地方？」

「我是『女神』哦，賽羅。」

泰奧莉塔驕傲地這麼說道。

「我擺脫他們了。區區人類，又有誰能阻止得了我呢。」

「妳這傢伙……」

「好了，稱讚我吧。」

泰奧莉塔把頭伸了過來。爆出火花的光滑金髮正在發亮。

「那個……我剛才從絕境裡拯救了大家沒錯吧？在千鈞一髮之際趕上了對吧？我幫上忙了不是嗎？」

「怎麼可能稱讚妳。」

我把泰奧莉塔的頭推開。

這麼做應該傳達了我的怒氣吧。她露出了泫然欲泣的表情。

「為……為什麼？吾之騎士，你在生氣嗎？你是想說我真的太晚來了嗎？但那是……」

泰奧莉塔咬緊嘴唇，像是下定決心要抗議。

「……因為你把我拋下的緣故！我無法原諒那種苛待！那是嚴重的背叛行為。不准再做出那樣的——」

「要我說幾次都沒關係，我其實沒有想要妳幫忙。」

現在是應該說清楚的時候了。我從正面瞪著泰奧莉塔。她的眼睛宛如火焰一般燃燒著——不對。只是滲出眼淚而已。

她在哭嗎？可惡。這樣的畫面簡直就像我在欺負她一樣。

「不用幫忙也沒關係。我並不希望妳這麼做。」

「……那希望什麼？」

泰奧莉塔似乎也打算要回瞪我。

「說說看你的希望是什麼？」

「別擅自尋死。沒幫上忙也沒關係，默默地活下去。別為了其他人賭上性命。太愚蠢了！」

「哦，是這樣嗎？」

原本是打算狠狠罵她一頓，但泰奧莉塔卻不知為何很驕傲般點著頭說：

「正因為你是會對我說這種話的人，才值得我賭上自己的性命。看來選擇了你的我並沒有錯。」

「為什麼會變這樣。我是要妳別這麼做，聽人說話啊。」

「我是『女神』。」

泰奧莉塔說出早就知道的事情。

她不再流淚了。

「是為了幫助人類而誕生。我不會為了這種事情而感到羞恥或者自怨自艾——大家都接受了這樣的我。但你為什麼不願意呢？」

「我討厭『女神』。以前有個表示願意為了其他人而死的傢伙。我看到那種樣子就覺得很火大。」

沒辦法再說藉口了。於是我也不顧一切說出實話，但泰奧莉塔卻像是早就知道了一樣點了點頭。

「那是你過去侍奉的前『女神』嗎？」

「沒錯。虧妳能猜得出來，是我殺了她。」

「是她本人希望的吧。」

泰奧莉塔說出了正確答案。

明明不知道內情，虧她能夠做出那麼清楚的結論。

「我也能了解哦。」

「了解什麼？我倒是完全無法理解可以為別人捨棄生命的想法。」

我也知道自己說的話根本不合邏輯。

因為接受這種想法而殺了她的就是我。然後這樣的心情當然也傳達給泰奧莉塔了。

「不，我很了解。因為我也是『女神』——現在也可以理解你就是擔心我，才會使用了『討厭』這兩個字。」

「那麼，妳應該也知道……『女神』有多麼讓我火大了吧。」

「是的。但是無論你是怎麼看我的其實都無所謂。」

泰奧莉塔露出了微笑。

那是相當堅決且帶有某種挑戰意味的笑容。

「我想受到大家褒獎與稱讚。或許『女神』天生就是這樣的生物，但就算是這樣，我還是想在認為自己是偉大存在的情況下活下去。真是對不起，賽羅。就算你是吾之騎士，也無法阻止我的願望。」

「這樣啊。」

如此回答的我，此時一定露出很愚蠢的表情。

覺得泰奧莉塔很可憐，或者感覺她是扭曲的存在等等，確實只是並非當事人的我從旁邊觀察後所說的「客觀」戲言。對於她本人來說，這些事根本不值一哂吧。

因為正是她本人想要維持這樣的存在方式。

「我知道了。」

我仍對「女神」的存在方式感到不愉快。

即使如此，至少這一點是我不得不承認的——也就是「女神」泰奧莉塔確實是個了不起的傢伙。這傢伙試著以自己的規則來活下去。即使會因為而受許多傷也再所不惜。

我把手放到泰奧莉塔的頭上。

「雖然還有很多事情想說，不過現在就先借用偉大『女神』的祝福吧。接下來將會是地獄般的戰鬥哦，做好心理準備了嗎？」

「嗯。呵呵，求之不得呢。」

泰奧莉塔微妙地動著我的手依然放在上面的頭部，強行讓我撫摸頭髮。

「你才應該注意自己的行為。言行舉止必須要像是吾之騎士！尤其是那種野蠻的態度更是很大的問題。」

「不用妳多管閒事。」

我忍不住笑了出來——就在這個瞬間。

「賽羅！」

諾魯卡由陛下拿著劍站了起來。

「就戰鬥位置。又要攻過來了！連一步都不准讓牠們靠近！」

「又是個強人所難的命令。」

這個男人認為向別人發號司令是理所當然的事。應該認為之後只要「家臣」們鞠躬盡瘁來完成任務就可以了。真是個天真的傢伙。

我輕輕往地面一踢。

回聲——有種比剛才多出許多的感覺。

「來……來了！」

其中一名礦工這麼大叫。

有一點跟剛才不一樣。就是我們有刻著聖印護符的柵欄。在柵欄包圍的空間裡，即使異形是在地底移動也無法入侵。試圖這麼做的話就會被光焚燒，這就是這樣的防衛系統。

「那我們也出動吧。」

泰奧莉塔傲慢地挺起胸膛並且抬起頭來。

朝空中一摸就又出現好幾把劍來刺進地面。

「吾之騎士，這樣夠了嗎？」

「嗯。」

我決定放棄跟泰奧莉塔抱怨了。說起來區區一個人類，怎麼可能阻止「女神」想做的事情。

而我就是這樣的「女神」的聖騎士。

「賽羅。如果看不慣我的犧牲奉獻……」

泰奧莉塔用了「犧牲奉獻」這幾個字。

「那就由你來保護我吧。好好努力，不要讓事情出現讓你不愉快的發展。」

「說得也是。」

這傢伙倒是很會說笑話。

自稱國王還有「女神」——我的周圍怎麼都是這種自大的傢伙啊。我根本沒有選擇。拔出泰奧莉塔呼喚出來的劍後迅速投擲出去。

閃光與爆炸。如果是隔了一段距離的投擲，爆炸的威力就能加強一些。幻形怪就這樣全部被轟飛。堅硬的甲殼粉碎，滾落在泥土裡失去生命。重複三次同樣的手段後，連那些傢伙也開始出現猶豫的模樣了。

（每次都會成功。我辦得到。）

老實說，貝魯庫種雷擊印群很適合這種類型的防衛戰。

來再多都沒問題。可以把牠們全部幹掉。礦工們也正在奮戰，達也就更不用說了。諾魯卡由陛下的猛烈激勵並非全無意義。

劍的柵欄阻隔了靠過來的幻形怪。

「嗚——嗚啊——」

在投擲長劍的我身邊，達也正發出吼叫聲。

「啊啊啊啊啊啊啊嗚嗚嗚嗚嗚！」

激烈的運動量。像不知疲勞為何物般跳動並且舉起手裡的戰斧。除了橫掃的動作之外，還對衝過來的幻形怪做出以拳頭揮落的動作。不知道他的拳頭究竟是什麼構造，直接粉碎幻形怪有一定硬度的殼，將其頭部打碎。

感覺在極短暫的時間裡與達也四目相交——我笑了起來。

兩個人狀況都很不錯嘛。所以我也一瞬間回頭看向泰奧莉塔。

「泰奧莉塔。妳已經有所覺悟的話……」

我伸出一隻手，再次拔出一把劍。

「就要遵從騎士的指示。首先，妳賭上性命的時機要由我來決定。還有——」

把劍投出。不可能失手。再次爆炸。

「妳死亡的時機也由我來指示。」

「嗯。」

泰奧莉塔的回答絲毫不拖泥帶水。

「因為我天生就是這樣。那是當然的了，吾之騎士。」

完全的信賴。

對我來說實在太沉重。但現在的我需要這樣的信任。如此沉重的責任，才能激發我的幹勁。

「好！臣民們，突擊吧！」

或許是占優勢後開始自大起來了吧，諾魯卡由陛下大叫著百害無一利的內容。

「為了脫離此地，開始進軍！」

「別亂說，陛下。」

幻形怪的數量確實減少了，看起來像是可以突破包圍，但我還是急忙阻止了他。

「就是防守才對我們有利，目前在這裡——」

話說到一半時，我才在完全偶然的情況下，發現某方面來說諾魯卡由陛下的話其實沒有錯。

（怎麼了？）

預兆是輕微的耳鳴。

一開始還以為是薩提・芬德引發的爆炸殘留的餘韻。那銳利突刺般金屬質的耳鳴——瞬間就變大了。

甚至足以讓鼓膜深處感到疼痛。

那種聲音就像某個人的悲鳴，或者是聲音——是誰的聲音嗎？

（不對。糟糕。不能聽！）

我知道這樣的攻擊。

雖然忍不住就想確認聲音的真正來源，但我還是堵住耳朵來停止這樣的衝動。迅速環視周圍後，發現礦工們正在聽著同樣的「聲音」。他們應該感覺到疼痛才對。只見他們全都當場倒了下去。

諾魯卡由陛下也苦悶地蹲了下來。油燈從他手上掉落，上面的聖印開始閃爍。只有達也一個人像是機械一樣擊殺著幻影怪。

但是，可以確定接下來的威脅已經迫近。

「……泰奧莉塔！」

我在堵住耳朵的情況下回頭看向女神。

泰奧莉塔握住我的手。疼痛感因此而稍微緩和，聲音也跟著遠去。那是「女神」擁有的守護與治癒之力。

「看來是到這邊來了。」

泰奧莉塔原本是想露出堅定的笑容吧。

說不定還想藉此給予我們勇氣。這傢伙太誇張了。只不過，那張蒼白的臉無法發揮這樣的效果。

「是魔王現象的主人。」

黑暗深處有某種東西在蠢動。看起來像是無數的觸手——或者是樹木的藤蔓。

那傢伙發出尖銳的叫聲。可以知道剛才聽見的細微聲音代表什麼意思。意思直接傳遞過來。靠的不是聲音，而是感覺。

（找到了。）

那個傢伙這麼說道。

（找到了。）

沒錯，牠重複這麼叫著。

黑暗深處的某種東西捕捉到泰奧莉塔的存在。

刑罰：澤汪・卡恩坑道壓制前導 原委

嚴重的耳鳴。

即使有泰奧莉塔幫忙防禦還是很痛苦。

這就表示這傢伙是能對精神發揮強大影響力的魔王吧。開始覺得有什麼東西在腦袋深處大叫。正感到痛苦——或者是正在哭泣。好像有某種類似寂寞的感情刺進腦袋中央——不對。

不是這樣。

（別理它。）

我刻意把聲音從意識中排除。

必須得這麼做才行。我曾經遭遇過進行這種攻擊的魔王現象。是會「汙染」人類精神的魔王。

礦工的工頭曾經說過五十名礦工一個一個減少的事情。那是在深夜聽見魔王的聲音，被牠叫了出去。就是這道聲音讓人類做出那樣的行動吧。

「不要動！」

我對周圍發出怒吼。

礦工們不是在現場掙扎著，就是承受著痛苦而試圖站起身子。我抓住他們當中的一個人。

「不要動。躺下吧。」

「等……等等……」

那傢伙像是有什麼訴求般動著手。

「——你沒有聽見從那邊傳來什麼聲音嗎？好像在說些什麼哦！」

他凝視著黑暗深處，不安地搔著頭。我則是抓住那傢伙的頭並且壓住。

「那是錯覺。不要聽。」

「明明聽得見，卻聽不懂。到……到底在說什麼……！」

「到那邊去就會死。這你應該知道吧。」

從黑暗深處伸出觸手。

看起來像植物的藤蔓。應該說它就是藤蔓。我想是異形化的植物吧。外表跟我所知道的所有異形都不一樣，而且相當巨大。那就是這個魔王現象的本體嗎？像圓木一樣的藤蔓。要是被那種東西直接擊中，人體將會受到嚴重的傷害吧。

達也獨自以不像人類的運動能力到處跳躍，把蠢動的觸手切斷。

「但是，好……好像……」

產生動搖的礦工簡直就像沒有看見藤蔓一樣。

「在說些什麼！不過，那個是什麼，啊……啊……啊……」

礦工用力抓著耳朵。力道強大到像要噴出血來——然後把我推開後試圖要出去。沒辦法了。

我直接把那個傢伙揍到地面上。

（看來無法繼續防衛戰了。）

我只能做出這樣的結論。

大家都按住耳朵倒在地上，能動的傢伙則是踩著踉蹌的腳步試著靠近魔王。我必須抓住那些人並且將其打倒。

精神強大到能忍耐這種耳鳴的傢伙就會聽見聲音。

那個魔王現象在呼喚的聲音。真正的攻擊大概不是耳鳴而是那道「聲音」，不論哪一種都能讓對手陷入無法行動的狀態。魔王是打算直接把靠近的傢伙殺來吃掉嗎？

這類型的攻擊之所以對現在的我沒什麼效果，完全是因為有泰奧莉塔在的緣故。跟訂下契約的「女神」之間有某種聯繫。守護「女神」精神的力量，讓幾乎快發狂的我得以保持最後一絲理智——再來就是靠劍之柵欄的力量。諾魯卡由的守護聖印發揮效果。至於達也能夠毫無問題地移動則不在討論的範圍內。

這樣下去所有人都會死。哪能讓對方得逞。

「改變作戰，要攻擊了！喂，陛下！」

我從地面拔出一把劍。順便把諾魯卡由踢飛。那傢伙翻著白眼，發出呻吟聲。

「快起來工作！」

我以揍人般的動作把諾魯卡由掉下的油燈壓到他的頭上。

這東西上應該刻著比較強力的守護聖印，但卻沒什麼效果。諾魯卡由發出細微的呻吟，即使握住了油燈，依然不是能夠行動的狀態。

「想……想篡奪…………」

開始說出囈語般的發言。

「朕的王位嗎……賊人！把篡位者全都殺了！」

不行了。平時的妄想現在變得更加嚴重。根本沒辦法工作。

（要把他的鼓膜刺破嗎？）

如此一來就聽不見聲音了，如果這樣就能夠從影響中脫身而出，那就值得試試看。

但聲音不只是靠耳朵聽，而且對方是魔王現象。不知道具備什麼不符合常理的能力。說起來根本沒有試著這麼做的空檔。

「可惡！泰奧莉塔！」

「嗯。」

泰奧莉塔抓住我的手臂。這時她的指尖已經爆出火花。

「說出你的願望吧，吾之騎士。就讓我這個『女神』來幫你實現。」

「從這邊狙擊來援護達也。」

一旦離開這個靠著聖印保護的柵欄，這種耳鳴將會變得更嚴重吧。會無法動彈嗎？這種事情可沒辦法嘗試。

「達也的話應該有辦法。幫忙補給長劍吧。」

「就是這樣，吾之騎士。盡量倚賴我吧。」

泰奧莉塔繼續呼喚出劍來。除了閃爍銳利光芒的劍之外，也有適合投擲的細劍。

（久違的射擊戰。）

如果是過去的我，就能使用更強力的聖印。像是最大射程與破壞範圍都更大的「卡魯吉沙」。還有甚至連城牆都能貫穿的「亞庫・里特」。

不過現在想要這些東西都只是痴人說夢——我的右手用力把劍舉起。

這時看見達也往黑暗深處跳去。看來這種耳鳴對那傢伙果然沒有用。他是只懂得捕捉魔王現象並且加以攻擊的人形兵器。

所以勇者可能是專門為了對抗魔王的存在。

「達也！」

我把劍射出並且發出怒吼。

「就這樣前進！把魔王幹掉！」

我的劍雖然沒射中蠢動的觸手，不過還是刺進土牆當中。

薩提・芬德的爆炸光芒焚燒著黑暗。附近的觸手全被炸飛，飛濺出血液般的樹汁。宛如悲鳴般的耳鳴變得更大聲，讓我不由得腳步踉蹌，但在危急時多虧有泰奧莉塔撐住我。

「有我在果然很好吧。」

感覺她噴著火花的眼睛似乎在這麼說。現在沒有空回嘴了。我接連不斷地射出長劍來援護達也前進。

（果然不行，還是別離開柵欄比較好。）

只能提供援護——即使如此，如果是達也的話……

我丟出下一把劍。

接著是下一把，再下一把。

泰奧莉塔從虛空中呼喚出的劍，雖然準度不佳，但數量眾多。它們立刻把觸手砍斷。名符其實地幫達也開拓出進擊的路線。絕不讓幻形怪們從旁阻饒。

陰暗的地下道出現光芒與爆炸聲的連鎖。達也隨著強烈的陰影跳起。看起來完全不像人類，比較像是手腳異常修長的怪物正在跳動。

「嗚……」

達也最後終於抵達。從他半張的嘴裡發出類似低吼的聲音。

「嗚啊！」

達也的戰斧像手旗一樣以眼花撩亂的速度旋轉來切散觸手。

然後朝向根部——球根般的塊狀物。

但是失手了。

（認真的嗎？）

我領悟到自己的失敗。

達也揮舞戰斧所砍擊的那個東西，只是遭到撕裂並且炸開而已。觸手沒有因此而停止。那根本就不是魔王的本體。

那是像擬餌般的東西嗎？

如果是這樣……

「噗……咕……」

從背後傳來悶哼聲。

礦工工頭——被打到土牆上並且發出悲鳴。從地底可以看到觸手以及那個塊狀物。那是比剛才達也破壞的還要巨大的塊狀物。

（被入侵了。時間到了嗎……！）

用來當成防禦柵欄的劍折斷了幾根。諾魯卡由刻出的聖印已經沒有發光。純粹是能源耗盡了。儲蓄的光用完的話，就算是陛下謹製的聖印也沒有效果。應該是用光內藏於鋼鐵內的天然蓄光了吧。

我拔出小刀並且回頭。

從粉碎土壤後出現的巨大塊狀物裡出現了瞪著這邊的眼睛。

（這是眼球。）

還是心臟呢——總之這個才是本體。對方繼續伸出觸手抓住其中一名礦工來揮舞。可以知道撞上地面的他脖子已經折斷了。

可惡。

雖然我想要瞄準本體，但四處揮舞的藤蔓觸手數量實在太多了。魔王果然強化了防守。能夠鑽過這些觸手的，大概就只有達也了吧。

「賽羅！這邊也有。」

泰奧莉塔叫著並且纏住我的手臂。觸手蠢動著以我們為目標。我揮劍砍斷同時炸掉觸手。

（我可真受歡迎。太忙了。）

原本受到聖印保護的空間內側，此時已經遭到蹂躪。

人手實在不足。達也在通道另一邊與觸手們格鬥，待在這裡的只有無法動彈的礦工們、「女神」、我以及諾魯卡由國王陛下。

「啊啊啊啊啊啊嗚嗚嗚嗚嗚嗚嗚嗚嗚！」

諾魯卡由甚至只能邊叫邊用頭撞向地面。

「全是朕的東西！這個國家的一切都由朕來庇佑！才不會交給你們呢，篡位者！」

現在不可能讓諾魯卡由派上用場。魔王對於精神的干涉讓他完全陷入負面情緒之中。目前不是能聽人說話的狀態。

然後這種惡化的狀況通常會產生連鎖反應。

「——找到了！」

尖銳的聲音。大量的腳步聲。

是基維亞——還有聖騎士團。眾人從我們來的通道往這邊過來了。

「是『女神』泰奧莉塔。之後再究責——賽羅，現在就救你們出來！」

「快住手笨蛋，別過來！」

我如此怒吼。基維亞一板一眼的個性，反而讓我想吼她一頓。不能讓他們進入這個魔王「聲音」的射程之中。但真的能阻止得了他們嗎？

（要全滅了嗎！）

這樣的可能性急遽升高。泰奧莉塔抓著我的手臂說：

「賽羅。」

她想做什麼。身上爆出火花了。

「向我許願。該輪到『女神』出場了吧。」

要召喚劍嗎——而且是大量？把這些觸手全部砍斷，刺進本體的眼珠——或者是心臟嗎？

真的能辦到？或者是有別的方法？從泰奧莉塔的頭髮不停爆出火花來看，就知道這傢伙也瀕臨極限了。該做出決定了嗎？我猶豫了起來。

就在這一瞬間，諾魯卡由叫了起來。

「——臭篡位者！」

看來諾魯卡由陛下的精神在這個時候已經到達極限了。

他舉起藉由聖印發出光輝的油燈——扭動像是蓋子的部分。可以看到從鬆開的蓋子縫隙中溢出藍白色清澈火焰。那大概是……對了。在準備設置補給物資時曾經說過的危險裝置。可以噴出火焰的陷阱。

然後在火焰出現的瞬間，魔王現象本體就瞪大眼睛，一邊痙攣一邊後退。

一看見那種模樣，我就想到一件事。

（是火焰！）

這傢伙是植物型的魔王。火焰有可能是牠的弱點。不需要強力的一擊，只要能用火焰燒到就好。

「喂，陛下！把那個油燈……」

但在我搭話之前，魔王的藤蔓就開始蠢動。長著像利牙般尖刺的藤蔓——抓住諾魯卡由的腳。諾魯卡由來不及反應。

「啪嘰」一聲斷裂聲。

在油燈的蓋子完全轉開之前，藤蔓的一擊就扯斷了諾魯卡由的右腳。諾魯卡由放聲大叫，油燈當場落下。我為了奪下它而跳起。

魔王扭動身體，試著盡可能與油燈拉開距離。動作好快。來得及嗎？不行，只能全速衝刺賭上一把了。我鑽過在眼前躍動的荊棘觸手。

（哪能讓你逃走。就算是犧牲——）

一兩條手臂也在所不惜。

這麼想的瞬間，就有地鳴般的聲音穿透腳邊。

那是某種東西被削掉並且破碎的聲音。

才剛想「是什麼」而已，藤蔓就被從地面拖出來。就像是番薯被連根拔起一樣。準備退後的魔王也因此而停止動作。魔王發出像在腦袋中心迴響的叫聲，宛如要把自己的藤蔓觸手扯斷一樣掙扎著。

一瞬間回頭時，我就看見了原因。

「咕嚕嚕！」

是達也——真不敢相信。

不知道他的腕力究竟是怎麼回事，總之那個傢伙隨手抓住一根藤蔓觸手，然後用力拉著它。就像要表示絕不讓魔王逃走一樣，肩膀的肌肉隆起，看起來彷彿整個膨脹了一般。

「咕哦哦哦噗啊啊啊啊啊啊！」

達也意義不明的怒吼聲。不對，感覺現在好像大概能懂他的意思。也就是「快點把這個魔王幹掉」的意思吧。

我也很贊成。然後瞪著魔王迫不得已胡亂揮舞的藤蔓。

「泰奧莉塔！」

「嗯。」

簡短的回應。「女神」與騎士就這樣心靈相通。

「解決他吧，吾之騎士。」

泰奧莉塔的聲音響起。虛空中生出劍來。這次是具有彎曲劍刃，像是柴刀般的曲劍。我抓住那個傢伙，把舞動的藤蔓砍斷。雖然馬上又有藤蔓過來，但那已經毫無意義了。

我立刻撿起諾魯卡由掉落的油燈。

「臭傢伙，看我燒死你。」

我轉開油燈的蓋子。

藍白色火焰一迸出，隨即無情地焚燒魔王現象的本體。本體瞬間燃燒了起來，在黑暗中發出炫目光芒大約十幾秒的時間。那傢伙刺耳的「叫聲」消失，好一段時間後才完全變成灰燼。

沒有任何人開口說話。趕過來的基維亞等人無法理解事態而茫然站在現場，諾魯卡由根本沒辦法說話。唯一的例外只有達也。

「嘎……呼啊。」

他發出這種像是呵欠般的聲音，當場膝蓋著地。就連那個傢伙都感到疲憊了吧。

至於我嘛，只是望著手邊失去光芒的油燈，以及被從該處迸出的火焰直接擊中的魔王——還有其周邊的地面。小石子燒得通紅並且熔化了。

會把如此危險的陷阱設置在補給物資裡的也只有諾魯卡由了。

——關於之後的情況，其實沒有什麼值得一提的事情。真要說的話，大概就只有陛下被藤蔓扯斷的腳，因為荊棘而破破爛爛，根本無法再使用這個笑話吧。陛下本人因為失血過多而被送到修理廠。

不過老實說，一想到接下來的事情就感到很鬱悶。

我跟泰奧莉塔觸犯了好幾條規定是絕對無法辯解的事實。

待機指令：謬利特要塞1

像我們這樣的懲罰勇者，沒有所謂休假的概念。
因為本來五花大綁並且關在監牢裡才是我們正確的待遇。
不過還是存在待機這樣的狀態。也就是刑務與刑務的間隙，或者被判決更多刑罰的準備期間。
雖然只能在獲得許可的區塊內活動，但是——至少可以度過類似休息的時間。可以在餐廳喝杯茶，也可以使用訓練設備。達也甚至全都在做日光浴。
即使如此，我還是提不起興趣外出。這是因為今天我們駐紮的謬利特要塞實在太過熱鬧了。
（真是麻煩。）
我心裡這麼想。像這種日子就只能看書來度過了。
雖說是懲罰勇者，只要在軍隊裡面，要取得娛樂用的書籍就不是什麼難事。因此我就躺在床上，準備專心閱讀書籍。
今天是十天一次的「大酒保」日。
那已經可以說是個小市場了。除了平時常駐於要塞內的商店之外，伐庫魯開拓公社的派遣商人也會來到現場，在中庭販賣日用品與嗜好品等等。受到歡迎的大概就是酒、菸草、信件的寄送服務以及甜的零食。

士兵們是以名為「軍票」的擬似紙幣來購買這些東西。它是由喀魯吐伊魯所發行，能夠代替實際的金錢。這是保證只要事後拿到各都市的行政廳舍就能換取現金的紙張。

因此會有許多士兵聚集在大酒保的場地。當然第十三騎士團的傢伙們也混在裡面，而我則不想跟聖騎士團那些傢伙碰面。

而且還有照顧諾魯卡由陛下這份工作——因為失去右腳，跟鐸達一起從修理廠被送回來的陛下，日常生活似乎遇到相當大的困難。

「總帥！賽羅總帥！你在哪裡！」

一邊大聲叫喚，一邊響著僵硬腳步聲的諾魯卡由陛下走在走廊上。

「行商人來了。朕想喝酒！想喝紅酒。去幫朕買來！」

從修理廠回來之後，諾魯卡由陛下的妄想就變得更嚴重了。他開始稱呼我為「總帥」，而達也則是「將軍」。

他的記憶似乎喪失了很大一部分，幾乎不記得在坑道裡發生的事情。把我們這些勇者當成是他的親衛隊。而且右腳無論怎麼嘗試都無法順利再生，只能用木製的義足來代替。上層認為應該以其他屍體的右腳來代替，目前正在神殿選定屍體。一切全是陛下的體格太壯碩不好。

「賽羅總帥！你在這裡啊！」

我被分配到的房間，其房門被諾魯卡由陛下迅速打開。他的全身上下都還纏著繃帶——應該還有尚未確癒合的部位吧。

「行商人來了。快去幫朕買酒。」

「陛下你有錢嗎？」

無奈的我只能撐起身體來盤腿坐著。

「其實本王國的國庫已經空了，現在連酒都買不起。」

「你說什麼？竟然如此窮困嗎？財務大臣人在哪裡，到底在做什麼！」

正確來說，即使配給軍票給諾魯卡由陛下通常也會馬上就消失了。因為他都用來買酒與高級食品。只是健忘的本人統統不記得了。

「那麼想喝酒的話，就算是借錢也要去買吧。」

我提出合適的解決辦法。

「我可沒空，要看一些重要文獻。你去命令貝涅提姆吧。」

「那個宰相目前正負責監視鐸達。」

「這樣啊。」

說起來的確是這樣。

鐸達回來之後，既然今天是大酒保日，那就需要有人監視他。甚至需要用鐵鍊把他綁起來監視。由於貝涅提姆是名義上的指揮官，所以這個工作就被推到他頭上。因為達也無法勝任這份工作。

「那就找渣布吧。」

我舉出另一名剛從其他任務回歸的男性名字。

「跟他借就可以了。」

「找渣布根本沒有用。那傢伙用錢如水，賭博的技術也很差。應該早就把錢用光了吧。」

「不對，好像終於連這個要塞的賭場都不准他進入了。不像今天這種日子，他根本沒地方花錢。動作快一點的話還來得及。」

「沒辦法了。」

陛下重重地點頭並且轉過身子。這樣就能把這個吵死人的傢伙丟給渣布了。

渣布是我們的狙擊兵。

雖然技術相當高超——不過既然被丟到這個懲罰勇者部隊，其人格我想不用說大家也知道了吧。原本是殺手的他是個人渣。

本來應該單獨被送到西部的戰線去了，可能工作相當順利吧。總之是手腳完整地回來了，所以任務本身可能已經完成。順利把目標射穿了嗎？

——不論如何，這下總算安靜了。

我再次躺下。在大酒保日結束的時間之前，只要在這裡殺時間就可以了。

但這種時候總是無法如願，不斷有吵死人的傢伙跑來打擾。

「吾之騎士！」

隨著輕快腳步聲衝進來的是「女神」。

「賽羅，你在這裡啊。我找好久哦。」

「幹嘛啦。」

「你不去大酒保嗎？還以為你出去買東西了呢。」

「我不想遇見聖騎士。」

如果只是擺臉色也就算了，要是被找碴的話我可受不了。也有可能被說些酸言酸語之類的。

（別開玩笑了。）

那個時候，我實在無法信任自己的忍耐力。

「那就起來跟我玩。」

泰奧莉塔傲慢地往下看著躺在床上的我。影子直接落到我身上。

「泰奧莉塔不去大酒保嗎？」

「……因為我是『女神』！所以對那種地方沒有興趣。」

雖然心裡想「絕對是騙人的」，不過這也是沒辦法的事。

要說到「女神」是否可以自由參加大酒保的話，其實並不是那麼簡單。由於「女神」被要求不能做出有損其威嚴的言行舉止，所以需要聖騎士或者神官的許可與監督。

我想基維亞與那個從軍神官現在應該很忙吧。主要是因為必須決定我跟泰奧莉塔今後的處置。

「賽羅，你也很閒的話，我就賜予你跟我玩的榮譽……應該很高興吧？」

如此詢問的泰奧莉塔，此時一隻手上抱著一個小箱子。是裝有遊戲盤與棋子的東西。

雖然會根據地區而多少有些差異，不過像這樣的遊戲盤通常被稱為「吉古」。遊戲方式是移動帶有印記的棋子來互相搶奪陣地。由於規則簡單，從小朋友到大人都有愛好者。算是很好殺時間的休閒活動。軍隊裡面也有不少人喜歡玩這種遊戲，甚至還會拿它來下注。

因為我也不討厭這種遊戲，所以是在三天前因為待機命令而無事可做時教會泰奧莉塔「吉古」的遊戲方式。

之後只要一有空她就會拿著遊戲盤來找我。當我浮現「糟糕」的念頭時已經來不及了。

「我已經經過特訓了。不會那麼簡單就落敗。」

「昨天晚上才剛玩過吧。」

「我剛才從貝涅提姆那裡學到高級的戰術。哼哼，這是過去在梅特王國的宮廷被使用過的正統『忍槍』戰術——」

雖然想著「對手是貝涅提姆的話妳應該被騙了」，不過我還是決定不多話。所謂的正統戰術，就代表已經跟不上時代了。

我以一隻手制止立刻把旗子排到棋盤上的泰奧莉塔。

「我現在很忙。正在看書呢。」

「咦咦……看書嗎？書的話之後再看就可以了吧。」

泰奧莉塔一邊這麼說，一邊對我看的書表現出興趣。只見她窺看著我的手邊。

「賽羅竟然喜歡看書，真令人感到意外。你在看什麼書？內容有趣嗎？」

「是詩啦。詩集。」

「詩集！……賽羅……你看詩集？」

對方非常驚訝。泰奧莉塔瞪大了眼睛。看來是真的出乎她的意料。真的有必要驚訝到這種程度嗎？

「是什麼樣的詩集？真令人在意。就賦予你唸給我聽的榮譽吧。」

「我拒絕。」

「唔。」

我不加思索的回絕，讓泰奧莉塔一瞬間鼓起臉頰。

「那麼，不用唸給我聽了。我可以自己看……在你旁邊一起看總可以了吧！……這樣可以吧？」

「等等。我想這不是『女神』大人會喜歡的詩集。」

我把書合起來。詩集的名稱是「龍醉」。它是古老時代的詩集。

「這傢伙是阿魯特亞德・柯梅提。是個酒鬼詩人。被宮廷開除之後，就隱遁在山林裡——晚年開始出現想成為龍的妄想，每天晚上都進行飛行的練習，最後終於墜落而亡。」

「哦……真是個怪人。」

「這個時代的詩人大多是這樣的傢伙。」

我喜歡的也是這樣的詩。沒有當軍人的話，我也可能以成為詩人作為目標。因為覺得應該很逍遙自在。

「算了。既然妳這麼閒，那我就陪妳玩玩『吉古』吧。」

在我旁邊一起看書的話，我也靜不下來。於是就準備隔著遊戲盤面對面而坐——反正是大酒保結束前的殺時間活動。

「嗯！」

當泰奧莉塔露出笑容的時候。

「……賽羅．佛魯巴茲。」

房間的入口又出現新的來訪者。

是一名高挑且有一頭黑髮的陌生女性。是誰啊——我一瞬間這麼想，但那只是錯覺。因為平常總是戴著頭盔或者全副武裝，穿著軍服的話印象就又不一樣的緣故。而且黑髮也綁成辮子。

來者是基維亞。只有她自己一個人，沒有帶任何隨從。

這樣看起來，應該不是強行逮捕……那她來這裡做什麼？

「你沒有去大酒保，而是在這裡嗎……沒想到『女神』泰奧莉塔也跟你在一起。」

「沒想到高貴的聖騎士團長竟然會特地跑到這種地方來。」

無法壓抑自己的我以諷刺的口吻這麼說道。
「我們的處置終於決定了嗎，還是下一個作戰命令？」
「……兩個都答對了。但我找你是有其他事情。」
基維亞微微皺起眉頭。或許是不喜歡我說話的方式吧。
「賽羅，跟我來。」
「要去哪裡？地下牢房的拷問室嗎？」
「不是。」
基維亞似乎完全無法理解我的玩笑話。相當認真地做出否定。但之後說出的要求完全出乎我的意料。
「我……想跟你談談。什麼地點都無所謂。」
基維亞就這樣狠狠瞪著我。我頓時有種對方表明要跟我決鬥的感覺。
「怎麼樣，是要接受還是拒絕？快點回答。」
我腦袋裡只想著「搞什麼啊」。雖然這麼想，但我沒有拒絕的權利。
「是可以啦，不過我能指定在哪裡談話嗎？」
「說吧。我會盡可能配合。」
「在中庭的大酒保。我想買東西，而且也要帶泰奧莉塔一起去。」
「咦！」

「唔……」

跟不知為何含糊其詞的基維亞相反，泰奧莉塔像彈起來般抬起頭。她的眼睛熊熊燃燒著。接著就用那種充滿期待的眼睛交互看著我跟基維亞。

「賽羅、基維亞，你們一定要談一談。現在就談吧！我覺得這樣比較好！」

「……等等。我知道了。」

經過大約十秒左右的沉默之後，基維亞點了點頭。

「就照你的希望吧……我們到中庭去！」

她的宣言簡直就像是進軍的信號。

待機指令：謬利特要塞 2

我們勇者生活——應該說收監的謬利特要塞，是為了阻斷從北方領域通往王都的道路而建造。

它可以說是在河川與懸崖保護下的天然要塞。綽號是「侯鳥之巢」。因此景色是相當優美。尤其是傍晚時從尖塔眺望的卡都．泰伊大河更是絕景。

卡都．泰伊大河正是這座要塞的生命線。這座接受港灣都市幽湖補給，先行對應北方魔王現象的要塞一直被視為重要的防衛據點。隨著近年來魔王現象的增加與國土的不斷喪失，其重要性也持續攀升。

因此那個唯利是圖的伐庫魯開拓公社當然也不會保持沉默。派遣到大酒保的商人數量繁多，用來維持士兵士氣的物資也相當充足。

「如果再有女人的話……」

這是鐸達與渣布的意見，不過就算有這樣的店家，也不可能允許懲罰勇者去光顧。手邊擁有的微薄軍票，最多就只能用在賭博或者喝酒上了。

「嘿！快看啊，賽羅。」

泰奧莉塔踩著跳躍的步伐走在並排的商家之間。

攤販都是由色彩華麗的看板、旗幟以及布條所裝飾，就連謬利特要塞單調的中庭都稍微像在舉行祭典一樣。這似乎也讓泰奧莉塔產生難以壓抑的快樂心情。

「那是食物嗎？還是某種裝飾呢？」

泰奧莉塔用手指所指的是鮮紅的捏糖工藝。應該是模擬草莓的形狀吧。在強弱不同的太陽光照射下，看起來像是寶石飾品。

「是糖果。妳沒看過那種東西嗎？」

「我被製作出來的時代沒有那種東西。看起來簡直跟寶石一樣。」

泰奧莉塔入迷地看著捏糖草莓。

那是好奇的目光。原來如此。據說她們這些「女神」是在很久之前，距今至少三百年前被製造出來。神殿的設定是——她們是千年前神治時代的末裔諸神所誕下的女兒們，但那只是謊言。

我認為「女神」絕對是由人類製造出來。

否則的話，為什麼她們所說的「獻身」會只對人類有好處。雖然不知道之後發生了什麼事，不過製造「女神」的技術不是被遺忘就是被藏匿起來，然後一直來到今日吧。我猜不是因為魔王造成的打擊實在太大，就是人類之間的戰爭所造成的。

我對這部分的歷史不是很清楚，也沒有什麼興趣。

至少到目前都是這樣。

「那麼，賽羅。那邊的是？有好香的味道。那種細長的食物……」

「是炒麵。它是西方的料理，將製成細長狀的小麥跟奶油以及醬料一起炒。」

「原來如此！這樣的話——嗯，那個呢！那裡也有很多人在排隊。你看，就是有熊看板的！那麼受到歡迎嗎？」

「那是……」

確實有許多人排隊。而且看起來全部都是女性士兵。

這表示應該是某種甜點之類的，但人實在太多根本看不清楚。攤販的看板上確實畫了一隻像是大熊般的吉祥物。

「我沒看過耶。那是什麼？」

「你不知道嗎？那是米吾莉茲奶油凍。」

我的問題竟然從意想不到的地方傳出答案。是基維亞。

「那在第一王都相當受到歡迎的冰品名店。將起泡的奶油結凍再撒上蜂蜜與堅果。非常地美味。然後那隻可愛的熊是吉祥物，現在正在募集名字當中。」

「原來如此！真是太棒了，可以感受到文明的發展！」

泰奧莉塔的眼睛開始閃閃發光。

「看起來很好吃。賽羅！看起來真的很好吃。你知道這種甜點嗎？」

「我還是第一次聽到。是最近才開的店嗎？令人意外的是基維亞，妳倒是很清楚嘛。」

「……有什麼好意外的。」

看來我的感想讓基維亞不高興了。

「我也會吃冰品啊。這有什麼問題嗎？」

「我沒說有問題吧。」

「如果是想批判我吃那種甜點的話，你最好有所覺悟！怎麼樣？我吃冰品或者持有那種吉祥物的刺繡製品很奇怪嗎？去投稿吉祥物的名字不行嗎！」

「這些話我一句都沒說啊。」

看來我的發言是刺激到基維亞過去的某個記憶了。

曾經因為這種事情被人調侃過嗎？這傢伙會去投稿吉祥物的名字確實會令人大吃一驚。該怎麼說呢，她不是給人這樣的印象——

「喂，你這傢伙，剛才在想什麼吧？」

「別連思考的內容都要檢閱好嗎……」

我決定不再繼續說些多餘的話。真是的，似乎是在完全無法理解的點上害她不高興了。像這種人，根本不知道他們的地雷埋在什麼地方。

沒辦法的我只能為了求助而看向泰奧莉塔。但那個傢伙卻以極嚴肅的表情凝視著許多人排隊的攤販。我還想說怎麼這麼安靜。

「賽羅。」

泰奧莉塔的小手拉著我的手臂。視線則還是緊盯著剛才那家冰品店。

「怎麼樣啊，想不想嘗嘗看那個？」

雖然是相當拐彎抹角的說法，不過確實很符合「女神」，不，應該說符合泰奧莉塔的個性。

無論如何就是要塑造成不是自己想吃，而是買來給想吃的我這樣的形式。她就是有這種詭異的自尊心——或者羞恥心。

「那就買吧。泰奧莉塔也要嗎？」

「——嗯！身為『女神』，怎麼可以拒絕吾之騎士的貢品呢。」

「那就按照妳的品味選兩種好吃的——不對……」

我一邊把軍票交給她，一邊回頭看向基維亞。

「基維亞，要不要買三個？」

「我……不用了。不能浪費軍票要好好儲蓄。因為我訂好長期的預算計畫了。」

或許原本是打算開玩笑吧，但猶豫了一陣子後，她就以相當嚴肅的表情做出回答。

沒辦法的我只能把軍票遞給泰奧莉塔。因為依照這個「女神」的個性，我認為她會想自己買東西。

「泰奧莉塔，可以幫我買嗎？那就買兩個吧。」

「嗯！真拿你沒辦法，就交給我吧！」

泰奧莉塔很高興般跑走了。踩著足以讓金髮隨風飄揚的輕快腳步，排到冰品店的隊伍裡。如此一來，士兵們的眼光就全部集中到「女神」泰奧莉塔身上。

她本人則是一臉不在乎的模樣，看起來理所當然般接受著眾人的注視。

「……賽羅。有件事情我得先告訴你。」

基維亞一邊以瞪人般的眼神凝視著泰奧莉塔的背部一邊叫著我的名字。可以知道她是想進入主題了。

「我對你們這些傢伙的看法多少有點改觀了。你們不單純是惡棍，該怎麼說呢，那個——」

「是一群大惡棍兼混球對吧。妳沒說錯。」

「不是這樣吧。至少你就不是。」

基維亞似乎完全不知道什麼叫做玩笑。只見她面無表情地否定了我。

「我沒有忘記。你在庫本吉森林救了我部隊的士兵，在澤汪・卡恩礦山也是。拯救了我們原本打算捨棄的那些礦山的平民。」

「沒能救到的傢伙比較多就是了。」

「但你還是實行了。我認為應該對你表達敬意。在庫本吉森林受傷並且撤退的士兵們都在跟你道謝。」

「這樣啊。」

我稍微笑了起來。因為感覺最近很難得聽到這麼好的報告。

「活下來了啊。看來我的行動多少有點意義了。要說的就只有這些嗎？」

我是提出了問題，但基維亞沒有回答。那傢伙只是用銳利的眼神瞪著我的臉。我心裡想著「可能又踩到什麼莫名其妙的地雷了」。

「為什麼瞪著別人的臉。」

「蠢蛋。我才沒盯著你的臉。」

基維亞繃起臉並乾咳了一聲。

「只是覺得你這傢伙也可以像這樣正常地笑啊。因為你平常看起來總像在生氣。」

「因為這個世界上有太多讓人火大的事情了。」

「……你如果能改一改現在這種態度——嗯，算了。總之我想說的是，你的能力值得評價。已經獲得確實的成果……泰奧莉塔大人也是。」

當她叫出這個名字時，聲音裡帶著些許苦澀的意味。

「跟你訂下契約，可能反而拯救了她。」

「那是什麼意思？」

「……泰奧莉塔大人是冒險者們在北方的遺跡裡確認到她的存在。」

我也知道冒險者這個人種。

是專門盜挖遺跡的傢伙們創建組織並且擅自如此自稱的職業。原本是只有「強盜」這種意思的職稱，但自從戰況變成這樣後看法就出現了變化。他們總是會深入危險地區把過去的遺跡挖出來，所以也只能加以推崇。

裡面也會找到像這次的「女神」這樣的東西。

「我們第十三騎士團接下挖掘她的任務。但在管理運用方面出現了問題。是因為軍部與神殿的對立。」

「那真是辛苦你們了。你們自己去處理吧。」

我用鼻子發出笑聲，結果基維亞就以發怒般的眼神看著我說：

「你在說什麼啊。你這傢伙也有責任，就是因為你殺害了『女神』賽涅露娃……」

「……妳想說什麼？」

「讓軍部出現了一種想法……也就是既然『女神』會被殺掉，那麼反過來說是不是可以增加『女神』的數量。」

感覺自己被迫聽見了很沒營養的事情。

而關於這件事情，基維亞似乎也有跟我同樣的看法。

「軍部希望能解析泰奧莉塔大人的身體。另一方面，神殿則是站在反對的立場。」

解析身體。

根據我的推測——不對，應該說是確信。軍部必定會進行解剖。在不殺掉女神的情況下小心謹慎地進行解剖，試圖找出製造「女神」的方法。

（如果是喀魯吐伊魯那群人就會這麼做。）

我了解他們到想揍人的地步。那群傢伙只專注於現實。

「雖然是軍部的意見占上風，但是狀況逐漸產生變化。你們這些傢伙展示了泰奧莉塔大人的用處。在如此短的期間擊破了兩個魔王現象。」

「……那麼在這之前呢？情況又是如何？」

我無論如何都想問個清楚。內心開始感到焦躁。試著逼問基維亞的話語一發不可收拾。

「什麼叫展示了用處？泰奧莉塔原本被認為沒有用嗎？為什麼泰奧莉塔會被選為解剖的『女神』候補？她才剛被發現，性能等等都還沒──」

「我們知道她擁有召喚劍的力量。泰奧莉塔大人被發現的遺跡有著這樣的紀錄。」

基維亞似乎努力試著要保持冷靜。

「跟至今為止的十二名『女神』們比起來，她算是劣化不少。裡面也有能力可以說比她高一個等級的『女神』。」

我知道她想說什麼了。

軍部確實會這麼認為。神殿大概也會認為這是妥當的意見吧。跟未來的光景──雷電或者暴風──異界的英雄──或者兵器等能力相比，泰奧莉塔的「劍」這種範疇實在太狹窄了。

「那些狗屁傢伙。」

話說完後我才注意到。我們勇者才是狗屁傢伙。

但軍部跟神殿的傢伙可沒資格說我們。

這下子我終於知道第十三騎士團行動如此詭異的理由了。為什麼在庫本吉森林會採取那種自滅式的戰法。應該算是某種贖罪，或者是已經自暴自棄的緣故吧。

第十三騎士團是為了讓「女神」接受解剖而搬運這個原本應該保護的對象。

在泰奧莉塔沉睡的狀態下搬運她也是因為這個原因。既然是軍隊，就不可能違抗命令。但不顧自身安危奮戰來防衛領土的話，或許可以得到神殿或者北方貴族們的支持。

但是，喀魯吐伊魯那群傢伙——

「派不上用場又怎麼樣。」

我看向泰奧莉塔。她正買好冰品朝這邊跑過來。她的臉上除了高興之外，也露出了驕傲的表情。

「那又怎麼樣呢。喂，其他還要做些什麼事情，才能讓喀魯吐伊魯那些狗屁傢伙承認有用處之類的？」

把怒氣發在基維亞身上也沒有用。

雖然知道這一點，還是無法壓抑自己。

「對了。說說下一件工作吧。總之只要在那裡有所建樹，泰奧莉塔就可以不用被解剖了吧？妳到底想要我們做什麼？」

「防衛。」

基維亞也像是動了火氣，或者像是吐口水般丟出一句：

「只靠你們這些勇者來防衛這座要塞。死也要守下來。」

王國審判紀錄　貝涅提姆・雷歐布魯

這是一個又暗又窄的房間。
跟地下監牢差不多。
（……好陰鬱的地方。）
貝涅提姆・雷歐布魯這麼想著。
不是應該被帶到王國審判的那個誇張的「真實之幕」前面嗎？如此一來，我就打算在列席的審問委員與聽罪官面前展開滔滔雄辯。
（既然如此，就來說一個世界最大的謊言吧。可以名留青史的那一種。）
我暗暗下定決心。但這個計畫已經無法實現了。
出現在我眼前的只有兩個人。
隔著桌子坐在我對面的是一名露出格外開朗笑容的年輕男性。他的背後還有一名雙手環抱胸前，身穿白色貫頭衣——神官服的女性。女性以似乎很想睡且不帶任何感情的眼睛凝視著我。
（情況似乎不太對勁。）
貝涅提姆不得不這麼想。這跟曾經聽過的審判方式不一樣。沒有審判委員——也沒有說實話的宣誓。

（真要說的話，這比較像偵訊。）

還有什麼事情要從自己這裡問清楚的嗎？已經沒有什麼可說的了，甚至連藉由洗腦自己來捏造的事實也都說了。

「非常抱歉，貝涅提姆・雷歐布魯。」

年輕男性把手肘撐在簡陋的桌上，像祈禱一樣雙手合十。接著又用相當輕浮的聲音說：

「本來很想在更正式一點的房間跟你談話。我一直很想見你哦。我很尊敬你呢。」

「是……是這樣嗎？」

貝涅提姆以漠然的表情點了點頭。因為沒有其他事情可做。

貝涅提姆無法慎重地選擇用詞遣字來說話。雖說詐騙犯這個職業讓他很容易被誤會，不過貝涅提姆不具備冷靜的思考方法，或者精準的用詞選擇等技術。說起來，他在騙人的時候也只是不斷把剛想到的事情說出來而已。

這個時候也是一樣。

「很尊敬我是怎麼一回事呢？」

這件事真的讓人一頭霧水。

「你也想靠詐騙來維持生計嗎？這樣的話，就不能尊敬像我這樣的人哦。因為我最後還是被抓了。」

「說得也是。關於這個部分，你說的一點都沒錯。」

男人以喉嚨深處發出笑聲。表情雖然開朗，但是那種笑聲就像是蛇在響著喉嚨一樣，給人一種莫名的不祥感覺。

「我是不是做得太過火了？就刑罰的輕重來說，果然是因為想把王宮賣給馬戲團一事——」

「不，跟那件事幾乎無關。那件事很有趣就是了。」

男人揮動一隻手，站在旁邊的神官服女性就默默動了起來。

她把一疊資料放到桌子上。上面記載了許多應該是貝涅提姆罪狀的文章。

「這確實是前所未見的犯罪。虧你能做出如此亂來的事情耶。」

男人看著資料，再次發出蛇一般的笑聲。

「你首先跟想在王都表演的馬戲團簽訂將用地賣給他們的契約對吧。因此而捏造了王宮轉移計畫……太厲害了。」

那件事情貝涅提姆記得很清楚。是回過神來才發現事情鬧大了的詐騙。

本來是只想跟馬戲團約好把用地賣給他們，拿了訂金就逃走。結果談著談著就變成什麼王宮轉移計畫啦，王宮為此必須進行拆除作業啦，開始得找到能賣掉那些石材、鐵材的店家。然後就這樣不斷對業者撒謊。

（當時真的是驚險萬分。忙死我了……）

在準備估價單、押金以及宰相代理委員的過程中，整件事就變成了一個壯大的計畫。馬戲團來到現場的日子，木匠、石材業者以及反對轉移的抗議隊伍全混在一起，造成了一股莫大的騷動。

貝涅提姆因為害怕而根本提不起勁去現場觀看。打算等騷動結束後就逃離王都，結果輕易就落網了。

「其他還幹了許多好事呢。投資詐欺、偽造骨董、彩券詐欺、違反出資法。伐庫魯開拓公社告了你一百多條罪哦。」

「對不起……我在反省了。」

「不用反省。已經沒事了。倒是我想知道你的動機。」

「已經沒事了」聽起來有種非常不吉利的感覺。

「你為什麼要當詐騙犯呢？」

「……我從小就不喜歡看人家露出失望的表情。」

這種事情已經說過好幾次了。每次都不一樣的「動機」內容。仔細一想就覺得每一個都是真的，但也每一個都像是假的。

「為了不看到別人露出失望的表情，我都會為了敷衍對方而隨便撒謊來投其所好。」

「這樣的努力確實很了不起。虧你能以這麼大的計畫來迎合每個人耶。」

「嗯……」

貝涅提姆含糊地回答對方。因為沒有其他事情可做。

說起來眼前的男性究竟是什麼人，自己不是應該接受審判嗎，這些事情比較讓他在意。

「那個，我會被判死刑嗎？」

「嗯？不會。很可惜，不是那樣。」

男人這時候探出身子。

「其實你不會因為詐欺罪而被判刑。」

「……不是詐欺？那麼我是……」

「不妙的是這邊哦。」

對方突然拿出新的一疊紙來放在桌上。

這我曾經看過。那是叫做「利畢歐記」的報紙。不是什麼一流的知名大報。可以說在二流裡面也屬於底層。裡面淨是一些怪力亂神、陰謀論、緋聞以及捏造的魔王現象奇談。

貝涅提姆確實是從一年前左右開始擔任這份報紙的記者。因為他很擅長寫些不實的內容。

「那個……」

貝涅提姆忍不住歪起脖子。

「這是怎麼回事……？」

「就是你寫的報導啊。『祕密進行侵略的魔王之手』。說是神殿、喀魯吐伊魯甚至是王族裡都已經有受到魔王現象影響的間諜化做人形潛伏其中了？」

我記得自己確實寫過這些內容。聖騎士與「女神」的緋聞、王家的醜聞都已經沒有新的內容，上層又說想要更能煽動人民不安的報導。

所以我只是回應上層的要求。

（對我露出那種表情，我就沒轍了……）

不喜歡看到別人在我眼前露出失望表情，說不定真的是我的本質。

「而且還連名字都寫上去了。馬連・基維亞大司祭、戴魯夫將軍，甚至是希姆利德總督。太厲害了。了不起的妄想……老實說，你要詐欺，寫些緋聞甚至是陰謀論都沒關係。只不過……」

男人響了一下喉嚨，然後笑著說：

「寫出真相就讓人困擾了。」

「咦！」

「尤其是你有讓人相信捏造內容的能力。至少是能讓我們這麼認為的能力。」

感覺自己碰到了相當不講理的遭遇。

「請等一下，我絕不是……」

貝涅提姆試著要站起來，但是失敗了。

不知道什麼時候，神官服的女性已經站在他旁邊。她抓住了貝涅提姆的肩膀。這個瞬間，感覺到劇烈疼痛的貝涅提姆發出呻吟聲。

「我們好不容易準備要應對，卻讓一切都泡湯了……為了讓你無法說出這件事，就幫你戴上特別的枷鎖吧。」

男人裝模作樣地打了一下響指。

這個時候貝涅提姆就注意到了——這個男人開朗的笑容裡面，帶著某種殘虐的情感。那是看到對手感到膽怯會感到高興的笑容。

「很遺憾，你可不是判死刑就能算了的。」

男人臉上露出沒有絲毫遺憾之意的燦爛笑容。

「貝涅提姆．雷歐布魯，你將被判處勇者刑。」

刑罰：謬利特要塞防衛汙染 1

「死也要守下來。」

傳令的男性這麼說道。

那是長著一臉漂亮鬍鬚的男性，據說是來自喀魯吐伊魯的使者。

老實說，我對他給人的第一印象完全沒有好感。我完全無法信任衣冠楚楚且看似有威嚴的男人。或許是受到這樣的詛咒了吧。

「只靠你們懲罰勇者部隊來死守這座要塞吧。魔王現象靠近了。」

我跟貝涅提姆像蠢蛋一樣並排立正站著，聽對方大剌剌說出這種跟「去死吧」沒兩樣的指令。

「賽羅，請保持冷靜哦。」

貝涅提姆小聲對我這麼說。

「拜託你一定要沉住氣……要冷靜……請不要突然衝去揍人或者是殺人哦。」

「你到底把我當成什麼了。」

我看起來像是會突然間就莫名其妙使用暴力的人嗎？

——說不定看起來真的是這樣。「弒殺女神」正是莫名其妙的暴力行為。應該被認為是會因為心情好壞而不知做出什麼事的人了吧。

「……那個，很抱歉，使者先生。您說要我們死守要塞……」

乾咳了一聲後，貝涅提姆就發出快死掉般的聲音。是那種胃至少開了一個以上的洞，並且從該處滲出血來般的聲音。

「是有什麼樣的作戰目標呢？」

「只有一個作戰目標。亦即留在這座要塞裡。就是這麼簡單。」

男性使者沒有任何笑容，斬釘截鐵地這麼說道。

「就算你們這些傢伙全滅了也要抵抗到最後。」

「是持久戰吧。要支撐到什麼時候呢？」

貝涅提姆耐著性子且以奉承的口氣詢問。而且還發出諂媚的笑聲——說不定只是害怕面對現實。

「到死為止。」

男性使者堅決地表示。

「第十三騎士團及第九騎士團將在後方布陣保存戰力。然後當你們全滅且要塞淪陷時就進行特殊攻擊。」

我覺得聽到了相當過分的命令。

即使如此，只要這個男人脖子上掛著的聖印是真貨，那他絕對就是喀魯吐伊魯派遣過來的正規使者。

「那個……特殊攻擊是？」

聽見貝涅提姆的問題後，男性使者重重地點了點頭。

「是毒。第九聖騎士團的『女神』將會展現奇蹟。」

我曾經聽過傳聞。

第九聖騎士團的「女神」似乎能夠召喚「毒」。她能夠從指尖呼喚出各種猛毒。

但是散布到廣闊範圍來殺戮魔王現象的「毒」相當難以駕馭。需要設置成陷阱的形式。是打算把它設置在這個要塞裡嗎？比如說跟聖印組合起來的炸彈。

說什麼特殊攻擊實在有點誇張，總之就是要引爆炸彈的作戰嗎？

「要讓這座謬利特要塞成為那個魔王現象十五號——『伊布力斯』的墓碑。就賦予你們這些勇者成為地基的名譽吧。」

聽見這些話後我跟貝涅提姆都保持著沉默。因為張開的嘴遲遲合不起來的緣故。

總而言之，這次的作戰是這樣的。把魔王現象的異形與魔王本體拖在這座要塞裡面。然後用毒汙染整座要塞，把它連同魔王一起毀滅。應該是這樣吧。

（只是要我們爭取時間並且去死嗎？）

頓時只有「太愚蠢了吧」的想法。

「效率實在太差了。」

回過神來時，我已經把這句話說出口了。

「為了打倒一隻魔王，就把整座要塞當成陷阱嗎？要是使用能殺掉魔王的猛毒，這裡就沒辦法當成據點了。」

「魔王現象第十五號『伊布力斯』極為強大。」

使者對我的反駁露出了不愉快的表情。

貝涅提姆著急地戳了一下我的手肘，但根本拿我沒辦法。誰教他說什麼不了解軍事，所以要我一起出席這種場合呢。

「那傢伙在上次的作戰時，撐過了第九聖騎士團的攻擊。你們知道牠擁有驚異的再生能力吧？」

這我也只聽過傳聞。

「伊布力斯」這個個體，是開始跟魔王現象戰鬥的相當初期就已經確認到的存在。牠是以殺不死的對手而聞名，慢吞吞地在各地移動，捕食──或者破壞遭遇到的東西。雖然曾經發動過消滅作戰，但是沒能完全將其殺害。

之後為什麼會暫時丟下牠不管，是因為「伊布力斯」是休眠期間相當長的個體。一年裡只會在邊境移動幾次，不會造成太過嚴重的破壞。所以處理的優先順位並不高。

但是現在不知道為什麼，牠突然就像是擁有明確的意志般朝這座要塞前進。

「上次的作戰是從遠距離進行狙擊，打入『女神』的奇蹟所帶來的致死毒。」

男性使者所說的「狙擊」，應該是我們部隊的渣布所完成的工作吧。那傢伙被借給第九聖騎士團，執行了共同任務。如此一來，他應該盡力做好份內的事了吧。

「作戰看起來是成功了，但是沒有意義。『伊布力斯』雖然一時陷入假死狀態，最後還是在確認死亡前復活了。」

開始知道這個人想說什麼了。看來有令人感到厭煩的結論正在等著我們。

「喀魯吐伊魯根據這個結果與第三『女神』西迪亞的預知修正了作戰。決定以巨量的猛毒汙染那個傢伙，『不斷加以殺害』是唯一的方法。使用特別的……性質宛如生物般的『毒素』。」

我腦袋裡想著「果然如此」。

「除此之外這個世界就沒有殺害牠的手段。」

「開什麼玩笑啊，那留在要塞裡的我們——」

「請……請等一下，使者先生。」

貝涅提姆制止了話說到一半的我。

「完成充分的引誘與拘束時，我們也可以脫離此地吧？」

「這我無法允許。」

「為什麼？只要達成作戰目的，應該就沒問題了吧。」

「我無法允許。這是喀魯吐伊魯的決定。你們這些懲罰勇者只要有一個人離開謬利特要塞，脖子上的聖印就會立刻讓所有隊員死亡。」

（開什麼玩笑啊？）

我再次這麼想。

為什麼要做到這種地步。有種詭異的感覺——布下如此縝密的殺招要幹掉我們真的有意義嗎？我認為一點意義都沒有。我們沒死的話會讓對方感到困擾嗎？

說不定這是「那些傢伙」想出來的點子。就是那些陷害我的臭傢伙。

看來我，應該說我們是真的被人討厭了。感覺不擇手段就是要殺掉我們。雖說可以理解他們的心情，但我可不願意陪他們玩這種遊戲。不過該怎麼辦才好？現在不是因為這種作戰而死的時候。

對了——泰奧莉塔。

不顯示她有某種價值的話，她就有直接遭到解剖的危險。只是連同要塞一起跟魔王現象同歸於盡的話根本於事無補。那是第九聖騎士團的「女神」的毒帶來的戰果吧。

難道說，這才是他們的目的？像是刻意讓我們進行否定「女神」泰奧莉塔有用處的作戰。

「了解了。我們會完成作戰。」

在我思考期間，貝涅提姆就輕易地做出回答。

這傢伙沒瘋吧？我忍不住看向貝涅提姆的臉。只見那傢伙依然帶著諂媚的笑容開口表示：

「不過，有幾點作戰內容希望能改善。首先是我們只要有一個人離開要塞就會死亡，這一點實在不行。」

使者稍微動了一下眉毛，但貝涅提姆不給對手發言的機會。

這傢伙作為詐騙犯最大的長處就是在緊要關頭的聲量大小。不知道為什麼會相當清晰，而且蓋過他人的發言。

「正如您所知道的，我們是人格缺陷者所組成的犯罪者集團。想必一定會有人為了偷懶而試圖逃離要塞。這個時候，作戰就根本無法發動了。」

確實是這樣，我也這麼認為。

如果他們的主張是要打倒魔王而不是把我們全部幹掉，那麼這應該是無法忽視的要素。

「請設立一個負責監督的人。就算是這樣也還是會有人逃走吧。這樣的話，應該不是只要有一個人，而是所有人都逃離的話就會全部死亡才對。」

虧他能把才剛剛想到的事情隨口滔滔不絕地說出來。貝涅提姆發言的速度比我檢討這個發言是否妥當要快多了。

「還有『女神』泰奧莉塔的問題。她跟這位賽羅簽訂了契約，所以有可能不顧周圍的反對堅持要留在這座要塞裡。」

「……盡可能說服她吧。」

「即使如此，她還是會留下來。因為我們的『女神』擁有悲天憫人之心。」

雖然是聽不太懂的用詞遣字，但貝涅提姆以非常嚴肅的表情把話說完，並且用手指比出大聖印。那是畫出一個圓，然後把中心切開般的動作。就是到聖殿參拜時經常會做的那個。初始的聖印，又被稱為「大聖印」。

「我們最近的戰果，全是因為有『女神』泰奧莉塔的保佑。希望您能允許她留下來。」

「我沒有立場做出這樣的許可。」

「那麼需要誰的許可呢？」

「關於『女神』，軍令上是屬於第十三聖騎士團管轄……」

「賽羅，請你立刻跟基維亞團長聯絡。這邊沒你的事了。」

貝涅提姆拍了拍我的肩膀，小聲地呢喃道：

「我會把條件談好哦。我想讓他答應，等到確定能完成作戰之後，允許泰奧莉塔大人離開此地——你還想要什麼嗎？」

「軍隊。人手不夠。光靠我們實在太困難了。」

只是試著把想到的說出來而已，想不到貝涅提姆竟然輕易就點頭同意。

「知道了。還有嗎？」

「武器跟糧食。」

「知道了。還有嗎？」

「恩赦。」

「知道了。還有嗎？」

這傢伙只是隨便點頭而已，我心裡這麼想。而且還露出異常嚴肅的表情。讓我忍不住用鼻子發出笑聲。

「恩赦是胡扯的……可以的話，希望有騎兵跟砲兵。傑斯跟萊諾怎麼樣？可以叫他們回來嗎？」

「還在西方的戰線。怎麼想都來不及了。」

傑斯跟萊諾是我們部隊的騎兵與砲兵。

那兩個傢伙目前正一起出借給西部方面的戰線。尤其傑斯是龍騎兵。先不管那個傢伙的人格，成為他搭檔的龍倒是很值得信任而且很可靠。如果那兩個傢伙在，就至少還有一搏的機會。

但現在想這些也沒有用。

「那接下來就交給我吧。」

貝涅提姆敲了敲自己的胸膛。

「我會順利完成任務哦。請相信我吧。」

「完全無法信任呢，真的辦得到嗎？」

「怎麼說呢，雖然大家不相信，但是我呢……」

這時貝涅提姆更加壓低聲音。

「……其實知道很厲害的祕密哦。別看我這樣，我可是差一步就可以拯救世界的男人。跟那個比起來，這只是小事一樁。」

「少騙人了。」

——當然，我早就知道了。

之後貝涅提姆漂亮地通過了「恩赦」之外的所有要求。接著事後又聽基維亞說他接受了自己率先帶著「女神」從謬利特要塞脫離的命令。

這傢伙哪一天一定會在戰場上被人趁亂幹掉吧。

刑罰：謬利特要塞防衛汙染 2

「沒有啦，你看嘛，我基本上算是爛好人類型對吧？」

可以聽見從後面傳來渣布的聲音。

從剛才開始，這傢伙就毫不間斷地說著話——好像不這麼做就無法呼吸一樣。實在太讓人困擾了。

「應該說是過於溫柔帶來的悲傷吧？所以從訓練的時候開始我就一直覺得不對勁了。這不是很困擾嗎？其實我是從小就被暗殺教團養育長大的超菁英暗殺者耶。」

真的太刺耳了。

我稍微加快腳步，但渣布似乎不認為這是「不想再聽了」的訊號。

「越是調查目標，就越覺得『嗚哇～沒辦法殺這傢伙～他還有老婆小孩以及生病的爺爺啊！』。我天生的純潔心靈就會在這種時候跑出來哦。」

走在前面的鐸達回過頭來露出再也受不了了的表情。

（把這傢伙留在要塞裡是不是比較好？）

他的眼睛正這麼說道。

說起來，已經從渣布那裡聽到這些事情好幾十遍了。要不是他身為狙擊兵的技術相當高超，我早就把他揍昏了。這傢伙的狙擊能力已經算是超常現象的範疇。

「所以我從來沒有殺掉目標。成功率是零！不過……你們也知道，沒有殺掉目標的證據教團就會生氣……所以我才會把附近毫無關係的傢伙弄成一團爛肉帶回去。目標則是讓他偷偷逃走。我是不是個很善良的人？」

無法殺掉目標的暗殺者。

我曾經想過「那你為什麼能殺掉附近毫無關係的人」，不過他似乎完全沒有這方面的問題。

據他本人表示……

「那是當然的啦……」

這就是他的說法。

（真是個莫名其妙的傢伙。）

我想在渣布心裡，人類應該跟牛或者是豬這樣的存在沒有兩樣。

對其產生感情的話就下不了手，沒有的話就不會有任何猶豫，大概就是這樣吧。他應該是我永遠不想扯上關係的那種殺人者，但很遺憾的是事情總是無法如我所願。像這種時候，我就會強烈地意識到自己是正在受刑的罪人。

「然後呢請聽我說嘛，就是放逐了我的那個教團！那些傢伙真的是暴虐無道——」

「渣布。」

我這時候終於回過頭去。因為已經抵達目的地，而且真的很吵，所以覺得是時候讓他安靜了。

「閉上嘴。」

「啊，抱歉。老大。」

渣布開始搔起頭來。

小麥色的頭髮——缺了幾顆的牙齒——雖然開朗，但總覺得有點窩囊的臉。然後不知道為什麼叫我老大。渣布就是這樣的男人。

「我又太多話了嗎？」

「賽羅，還是讓這傢伙戴上口塞比較好啦。」

鐸達繃起臉來指著渣布這麼說。

「真的很吵。我曾經跟這個傢伙睡同一間房，真的很慘。他一整晚都在說話！都不睡覺！」

「我正在做不睡覺也沒關係的訓練，可以撐三天哦。」

「看吧，真的很惡劣！」

鐸達發出悲痛的聲音。

老實說，讓鐸達與渣布一起工作真的很吵。即使如此還是只能把兩個人帶過來。失去一隻腳的諾魯卡由陛下不可能完成要塞外面的偵查任務，貝涅提姆就更不用說了。他根本沒有體力。就算把達也帶過來，他也無法勝任這樣的工作。

結果就只剩下這兩個人了。

「鐸達先生，讓我們好好相處吧。我們應該是伙伴啊。」

「如果你可以再安靜一點的話。」

「我就是沒辦法安靜下來啊。你也知道，我不是有在教團裡受到虐待般訓練的過去嗎？那個時候，我被關在地下監牢裡——」

「喂。」

沒辦法的我只能插嘴了。

「我說過閉嘴了吧。別讓我再說一遍。」

「看吧，賽羅生氣了……」

「嗚哇，糟糕！對不起，老大！鐸達先生也快道歉！」

「為什麼連我都要道歉。」

渣布迅速低下頭來，兩個人再次開始鬥嘴。

我已經連氣都懶得嘆了。不再想辦法制止兩個人。直接壓低身體，凝眼看著前方的一大片景色。

是從謬利特要塞徒步將近半天的小山丘看出去的光景。

雖然是在多雲的天空底下，但可以清楚地遠眺庫本吉森林、澤汪・卡恩礦山以及距離該處有點遠的西方雷塔・邁延群山。

現在群山的山腳下有黑煙像在地面爬行一樣往外擴散。

正確來說，那並不是黑煙。

是因為大量異形聚集在一起的緣故。因為牠們在移動，所以捲起了黑土，變成像煙霧一樣。那正是刨除、削開大地的大軍移動。樹木因為大軍的移動而被掃倒，異形們宛如土石流般湧至。

動作雖然看起來有些遲鈍，但更讓人產生那些傢伙靠近會帶來沉重破壞力的預感。山腳粉碎變成山谷，鄰近的聚落連同建築物一起遭到蹂躪。

成為大軍核心的魔王現象十五號「伊布力斯」應該在那裡面。

「——相當接近了。」

當我壓低身體注視著對方的軍勢時，頭上就有聲音落下。

是基維亞。如果要帶鐸達這樣的傢伙出來偵查，就必須要有人負責監督，確保他不會逃亡。當然她也就跟我們一起來了。

「會比預料中還要快抵達要塞。」

基維亞看著手邊的地圖並用手指比畫著。

我也站起來窺看起地圖。魔王現象的移動路線，看起來果然是對準了謬利特要塞。就像在追逐什麼一樣。

「就是說，照這個速度再三四天左右嗎？」

「……嗯……對。」

基維亞眨了好幾次眼睛並乾咳了一聲。

「是啊。考慮到『伊布力斯』的移動速度，大概是這樣吧。」

「筆直地朝我們這邊前進。像是被什麼東西指揮著一樣。以『伊布力斯』至今為止的行動來看，這很明顯是異常狀態。」

「的確是這樣。喀魯吐伊魯可能掌握了什麼情報。比方說，可以猜測有具備指揮官機能的魔工現象存在。」

「那就麻煩了——話說回來……」

對著每當我說話就把視線拉開——或許應該說看向我後面並且後仰的基維亞問道：

「為什麼妳慢慢往後仰？」

「沒……沒有……你這傢伙的臉太近了。後退一點。」

雖然心想「搞什麼啊」，但在我開口說出疑問前鐸達就發出沙啞的聲音。

「啊！」

他用手指著森林的方向。

「剛才好像看到什麼了！那是不是異形啊？」

「哦哦，好像是耶。」

渣布也一起探出身體，望著鐸達用手指著的方向。

雖然不知道他們的眼睛有著什麼樣的構造，不過這兩個傢伙的視力確實非比尋常。可以說是超乎常人。

「看起來很像狗。鐸達先生覺得呢？」

「我也這麼覺得。大概是卡西吧。」

「卡西」是泛指所有小型犬般異形的存在。戰鬥力雖然不高，但屬於感覺相當敏銳且靈敏的物種。因此會像斥侯一樣搶在本體前方移動。其能力似乎能讓牠跟魔王現象全體共享感覺到的東西。

「你說卡西？有幾隻？你們兩個真的看得見嗎？」

基維亞似乎也凝眼觀看，但大概什麼都看不見。我也跟她一樣。如果有過去的搜敵、捕捉用的聖印就另當別論，但我沒有鐸達與渣布那種變態的視力。

不過這兩個傢伙說「看到了」，那就一定是有了。

雖然是完全無法信任的傢伙，但跟貝涅提姆不同，不會撒無意義的謊。

「沒辦法了。稍微減少一些數量吧。」

被掌握到我們的位置然後殺將過來也很麻煩。

「渣布，這個距離怎麼樣？」

「怎麼說呢——嗯，我想應該可以吧。我試試看，就算失敗了也別把我幹掉啊。」

「你到底把我當成什麼人？」

「沒有啦，那個……當然是偉大的前輩啦，我說真的。沒有說謊哦。」

雖然是有點曖昧的答案，不過渣布還是抽出揹在背上的長杖。

這也是刻畫了聖印的「雷杖」之一，鐸達使用的雷杖不論是射程距離還是破壞力都無法與其相比。

它是狙擊用的雷杖。是由伐庫魯開拓公社開發，產品名稱是「雛菊」。不過因為經由諾魯卡由陛下進行過粗暴的調律，所以每個聖印都失去了原形。

「可以了嗎？看太久的話可能會不想殺掉牠們了。你也知道，我是個很有人情味的男人。經常被人說是過於溫柔的殺手。」

「夠了，快開火吧。你不說話就沒辦法射擊嗎？」

「了解嘍。」

回答完後動作就相當迅速。

雷杖發出光芒，直接飛向遠方的森林，穿越樹梢之間閃動著。「磅」一聲滑稽且清脆的聲音響徹全場。

「成功了。」

說完後就側眼看向鐸達。

「中大獎了對吧？怎麼樣？」

「——命中腦袋正中央……什麼嘛，很輕鬆啊。」

單手拿著望遠鏡頭的鐸達安心地嘆了一口氣。真是個單純的傢伙。

說是輕鬆，不過這個時候渣布狙擊的距離大概是一千兩百多標準拉提吧。

這是聯合王國所採用的距離單位，一標準拉提大概是成人一步的距離。也就是說，我想表達的是——在一千兩百步左右的距離外，能夠穿越樹木間的縫隙射穿目標頭部的技術確實是超越常識。

「等等，好像還有哦。」

渣布在維持舉著雷杖的姿勢下對鐸達搭話說：

「鐸達先生。大概還有幾隻？」

「啊。嗯，還有！還有四隻！注意到這邊了……！」

鐸達急忙搖著渣布的肩膀。

「往這邊過來了，渣布，快一點！用剛才的技術想點辦法！」

「催我也沒用，這不太能連射……因為全都強化在射程與威力上面了。不過別擔心，應該來得及。」

鐸達與渣布這個組合雖然有太吵的問題，但工作能力相當不錯。

鐸達總是會為了自己能夠得救而拚命，渣布在雷杖的使用技術方面比我認識的任何士兵都要高超。像這樣能確實獲得成果更是令人火大。

也就是說，這裡交給這兩個人就夠了。當吵死人的渣布集中在狙擊上時，我還有話得先跟基維亞說清楚。

「……基維亞。解決斥侯之後，我就去設置陷阱。諾魯卡由陛下把機關交給我了。在牠們抵達要塞之前，希望能盡量減少數量。」

我看向遠方的魔王現象，「伊布力斯」。

牠的軍隊應該會邊移動邊增加數量吧。

「以那種數量來看，這麼做或許沒有太大的意義……嗯，總之就盡人事吧。基維亞，抱歉要妳陪我一下了。」

「沒關係。這是工作……只不過……」

「什麼事？」

「隨著日子經過，我越來越不了解你了。」

實際上，基維亞的確像是看見什麼無法接受的東西般望著我。

「即使在這種狀況下，你依然想完成任務。沒有放棄戰鬥。還有對於泰奧莉塔大人的態度……跟我聽說的『弒殺女神』的賽羅・佛魯巴茲有很大的差距。」

「妳聽到的是什麼樣的內容？」

「急著想建功而讓部隊暴露於危險之中，最後甚至還發狂殺害了『女神』。不過是個暴發戶。但我不這麼認為。」

「那可不一定哦。」

我雖然苦笑，但基維亞的話裡有讓我感到不對勁的地方。

「暴發戶」。那是世世代代都是貴族名門的人才會使用的說法。難道說基維亞——其實是有力的名門貴族，只是我沒聽過而已嗎？

「基維亞啊，妳是哪裡的貴族出身？抱歉，我從來沒聽過。」

「我不是貴族。」

「騙人的吧。喀魯吐伊魯允許讓貴族之外的人擔任聖騎士團長嗎？」

「我的伯父是大司祭。」

大司祭，那就難怪了。

是神殿這個組織的核心當中幾乎最頂端的階級。擁有列席神聖會議資格的數十人集團。所以不是貴族，而是出身於神職的家族嗎？難怪我沒聽過。也可以理解她對於泰奧莉塔的態度了。

但是出身於這種家族的女孩子會進入軍隊，也是相當坎坷的狀況吧。並非從軍神官而是騎士團長。

「所以——我一開始相當提防你這個傢伙。懷疑你是不是會危害泰奧莉塔大人。現在看來是不需要擔心。」

「這樣啊。那麼，應該不用監視我們了吧？」

「什麼監視？」

「沒有啦，妳不是經常瞪著我的臉看嗎？離開要塞後也一直靜不下來。」

「……我可沒有經常望著你的臉哦。你太自以為是了。完全沒有這樣的事情。你在說什麼蠢話。那是你自我意識過剩，好好反省吧。」

「這樣啊。」

對方以極快的速度丟出一大串話來，我頓時感受到她的蠻橫無理。實在很想提出異議。她有什麼資格要我反省？

但當我思考反駁的內容時，渣布就完成任務了。

「——太棒啦，老大。結束嘍！我很厲害吧？真的是百發百中！」

雷杖的前端呈現火紅的模樣。渣布即使起動聖印，進行了這麼久的長距離狙擊，還是一點都沒有疲勞的模樣。

「剛才那些……就是全部了吧？」

鐸達像是很不安般賊溜溜地動著眼睛。我不認為自己能看見連鐸達都無法發現的東西。應該可以認定威脅暫時消失了才對。

「好了。接下來就騎馬前進。」

雖然基維亞仍然不高興地一直瞪著我，但接下來必須得集中精神在要做的事情上才行。

「要盡快設置完陷阱。基維亞，妳會騎馬吧。跟我過來——鐸達跟渣布在這裡待機。別逃走哦。」

「了解了。我會監視鐸達先生。」

「話說回來，不是有異形的斥候在亂逛嗎……賽羅不在的話，我會怕到無法動彈。」

「那就這樣待著。基維亞，我們走吧。希望妳能幫忙，一個人設置陷阱實在——」

「不是，等……等等……」

基維亞似乎感到有些困惑。

「我確實會騎馬，不過哪裡有馬？在這次的作戰當中，沒有配給馬給我們哦。」

「我想辦法弄到並且藏在這邊附近了。」

我看向鐸達——鐸達像是很尷尬般把臉別開，基維亞則是感到傻眼。

刑罰：謬利特要塞防衛汙染 3

結果大約有五十名左右的聖騎士留在謬利特要塞。

第十三聖騎士團的五十個人。

據說全是呼應基維亞的號召且值得信賴的成員——雖然不清楚有幾成的可信度，但只要願意幫忙做些雜務就夠了。因為快沒時間了，而要做的事情實在太多。要塞設備的保養與檢查，不論進行再多次都不嫌麻煩。

另一方面，第九聖騎士團似乎連雜務都不想幫忙。當我們結束偵查回來時，剛好遭遇到要出去的「女神」與聖騎士團長跟我們擦身而過。

「失禮了。」

當第九聖騎士團團長離開要塞時，稍微對基維亞低下頭來。

他的名字是霍特．克里維歐斯。

我也聽過這個姓氏。是在南方擁有廣大領土的貴族，領地出產的葡萄酒很好喝。一提到克里維歐斯產的葡萄酒，鐸達跟渣布都會哭著拜服在其威勢之前。

「基維亞團長，想不到妳有這種癖好。」

感。

那個霍特・克里維歐斯以打從心底感到不可思議的表情這麼說道。或許還參雜了若干的厭惡

「想親眼見證懲罰勇者的死亡，我覺得這樣的興趣有點太低級了。不過既然團長妳已經決定，那只能祈禱您平安無事了。」

對於這個第九聖騎士團的團長而言，我們就像是鬥雞那樣的動物，或許覺得我們戰鬥的樣子本身就是一種猴戲吧。至少他不把我們當成是軍事力量的一部分。

我看著鐸達與渣布時也會浮現這樣的心情。要是把他們編入軍隊底層的話，我想會引起各種問題。

「……基維亞，我會祈禱妳平安無事。」

第九聖騎士團的「女神」也在這個時候低下頭來。

她是有著一頭流麗黑色長髮，眼睛裡有火焰在燃燒的女性。跟賽涅露娃與泰奧莉塔都不一樣。總覺得散發出某種陰暗、鬱悶印象的「女神」。

「佩魯梅莉，不能太靠近。那傢伙是『弒殺女神』的罪人。」

第九聖騎士團團長擋在我跟「女神」之間。

我能理解他的心情。對方是「弒殺女神」的重犯——也就是我。他應該認為我是能夠殺掉「女神」的傢伙吧。而這的確是事實。

「我們走吧。任務完成了，別離開我身邊。」

「好的，霍特。我不會離開。這次的任務，我很有用對吧？」

「太完美了。這是無庸置疑的事。」

「完美嗎？那個……這樣的話，這次沒有『真不愧是佩魯梅莉』嗎？」

「了解了。真不愧是佩魯梅莉。」

霍特說完就撫摸著女神的頭部——第九聖騎士團的「女神」與聖騎士就在這樣的情況下離開要塞。帶著七十四個大木桶，以及盈滿內部的猛毒。

簡而言之，作戰是這樣。

引誘魔王現象「伊布力斯」到這座謬利特要塞，然後同時引爆所有的大木桶。以流出的猛毒停止「伊布力斯」的行動。希望藉由持續殺害來讓牠無力化。

而且實行這個作戰的是懲罰勇者。實在太可笑了。

「哎呀，真的很累人對吧。」

渣布跟我並肩走在一起，同時像是事不關己般這麼說著。

「我們全都會死吧？真是討厭。感覺很火大，哪個人先去把聖騎士團的傢伙幹掉吧？」

「為什麼要殺掉他？」

「遷怒啊。老大你發怒的時候，也會踢石頭之類的東西吧。」

「石頭跟人類不一樣。」

「啊！人類歧視！這樣不好哦，老大。」

這時渣布從旁邊戳著我並且這麼說，而我只能忍受他煩人的個性。

「你看嘛，因為人類也是大自然的一部分。石頭跟人類都是同一塊大地上的同伴。所以我不覺得應該獨厚人類。」

渣布雖然說出這樣的言論，但我實在不想陪他玩下去了。

人類跟石頭怎麼可能是對等關係。人類是特別的存在。跟石頭、植物、豬、牛都不一樣。那是因為本大爺是人類。像渣布這種蠢貨似乎無法理解這一點。說起來，他忘了在沒有許可的情況下直接危害他人的話，就會因為脖子上的聖印而死亡。

「——賽羅！」

一進入現在裡面沒其他人，只有貝涅提姆坐鎮司令室，泰奧莉塔就跑了過來。宛如等待家人回歸的小型犬一樣。

「哦。是『女神』大人。」

渣布露出諂媚的笑容並且揮著手。

「看來是順利完成看家的工作了。一切都還好嗎？有沒有吃太多零食？」

「哼。我可不想聽渣布永無止盡的閒話！我正在生氣。你們瞞著我偷偷跑出去了對吧？究竟是到哪邊附近去偵查了？」

泰奧莉塔似乎在這個極短的期間內確實理解到渣布有多麻煩。她跑過來抓住我的手肘。

「竟然把『女神』丟下來整整兩天，這可不是聖騎士應該有的行為。快給我反省！說起來你呢——」

「泰奧莉塔大人。」

基維亞窺看著掛在我手臂上的泰奧莉塔。

「請您大發慈悲吧。我們為了給您帶來勝利，將會竭盡所能完成任務。懲罰勇者雖然是罪人，還是請您允許他們休息……賽羅，要不要去喝口水？稍微休息一下吧，有點過勞了吧。」

「唔……」

泰奧莉塔的眉毛動了一下。交互看著我跟基維亞。

「賽羅……看來你跟基維亞有了一場很開心的偵查？」

「這世界上才沒有什麼開心的偵查。」

「是啊。泰奧莉塔大人，我們完成了應該做的事情。這不是什麼能夠享樂的行動。之所以騎馬到遠方，也完全是為了設置陷阱。全都是為了任務。」

「哼。」

泰奧莉塔以某種無法同意的視線望著像貝涅提姆一樣說出一大串話的基維亞。

「這樣啊。」

「是的，泰奧莉塔大人。來，這邊準備了樹果……是從森林裡摘來的樹果，味道很甜哦。」

「在森林裡一起摘了樹果嗎？這樣啊，聽起來很有趣呢。」

「不是那樣的！我只是專心地盡自己的責任……」

「賽羅！吾之騎士。」

泰奧莉塔抓住我的手臂，做出吊在上面的動作。跟她接觸後就知道，泰奧莉塔的精神其實承受著相當重的負荷。甚至爆出小小的火花。

「我看到第九聖騎士團。」

「這樣啊。」

「什麼這樣啊！那個聖騎士團的『女神』一天多達七次！……聽好了，是七次哦。聖騎士摸她的頭多達七次！」

泰奧莉塔抓住我的手臂搖晃著。我想她可能遇見了對教育方面有不良影響的搭檔吧。

「我……不會要求那麼多的次數……但至少摸頭的次數也要是人家的一半吧？」

「我知道了。留守辛苦妳了。」

除了這麼做之外，我又能怎麼辦呢。我撫摸著泰奧莉塔的頭部——一邊摸，一邊看向坐在司令官椅子上的貝涅提姆。

「貝涅提姆，一切都還好嗎？」

「情況比想像中還要好哦。」

那傢伙看起來像是很累般靠在椅背上。

但我知道那單純只是擺個樣子。這個詐騙犯相當擅長這樣的動作。

「第十三聖騎士團的人員。還有呢，出乎意料的是——澤汪・卡恩礦山的礦工以及他們的親戚共一百人。沒想到能招集到那麼多人。」

沒錯。在那之後，澤汪．卡恩礦山的礦工們以及他們的親朋、自稱是礦工工會同事的一群人共一百名左右來到這裡。他們說想要幫忙懲罰勇者們的工作。

他們目前正在地下諾魯卡由的工作室裡頭幫忙。

（真是瘋了。）

我心裡這麼想，實際上也真的是這樣。

這群人似乎把我們當成拯救了他們性命的英雄。我說絕對不是那樣並且要他們立刻回去——但是他們卻不聽勸告。那麼至少得把鐸達造成的損害壓抑到最小。那傢伙現在因為其他任務而外出中，等他回來的時候就很恐怖了。

「哎呀，好像開始覺得有點寂寞了。人未免太少了吧？就算多了一百名礦工，依然是杯水車薪啊。」

渣布這麼說道。

「看來形勢相當不利。」

「你在胡說什麼啊，渣布。不是還有我在嗎！」

泰奧莉塔果然因為渣布自暴自棄的發言而感到憤慨。

「有我這個『女神』守護、祝福，請放心吧。我絕對會讓大家贏得勝利。我是說絕對哦！」

「嗯……這是什麼精神力能戰勝一切的理論。老大，『女神』大人都是這樣的嗎？這個世界真的沒問題嗎？」

「我覺得泰奧莉塔相當特別。還有，這個世界有很大的問題。」

「沒……沒禮貌！連吾之騎士都這樣！好好地附和我的論點吧！」

泰奧莉塔用拳頭擊打我的背部。這段期間，渣布就繼續開口表示：

「那麼，貝涅提姆先生，我們該怎麼辦？不立刻逃走嗎？」

「什麼逃走。」

貝涅提姆似乎有些慌張，一瞬間看了基維亞一眼。

「別胡說八道！渣布，看來你的正義感完全不夠啊。我們必須打倒魔王『伊布力斯』，成為保護聯合王國國土與人民的盾牌才行！」

「啊，這次要用這樣的設定嗎？」

發出乾笑聲後，渣布就回頭看著我說：

「哎呀，我不行了……這些台詞已經夠好笑了。我對搞笑的人沒有免疫力。貝涅提姆先生逃走的話，我沒有自信能對他開火。那個時候老大能幫我動手嗎？」

「誰理你啊。說起來呢，原本就沒有把貝涅提姆算在戰力裡面了，要逃走就請便吧。」

「咦咦？」

「我想也是。」

貝涅提姆露出不滿的表情，渣布則像是理所當然般點著頭。

「貝涅提姆。作戰計畫由我來訂應該可以吧？」
「交給你了，賽羅。」
貝涅提姆重重地點了點頭。完全是在虛張聲勢。因為這傢伙根本不可能訂什麼作戰計畫。
「無論如何都要殲滅『伊布力斯』。因為這就是我們的責任！為了王國的未來！也為了人類的明日！」
隨著貝涅提姆的發言，可以看出基維亞的眼神逐漸變得傻眼與冰冷。差不多是了解這個傢伙根本只會說空話的時候了。貝涅提姆不曾在軍事上指示過任何的方針。
「……所以呢，賽羅。我們該怎麼辦才好？」
「陛下跟你待在這裡別動。你只要把我這邊的指示傳達出去就好了。讓陛下去動手。」
我回想著要塞的地圖以及其周邊。
「達也去封鎖地下道。帶二十名聖騎士一起去。那樣應該能解決。渣布就在城牆上射擊靠近的傢伙。」
「哦，輪到我出場了嗎？」
渣布反倒像是很開心般握住揹著的雷杖。
「話說回來，鐸達先生呢？我還以為他一定會跟我搭檔呢。」
「那個傢伙還有其他工作──然後，正面就由礦工與聖騎士稍微支撐一下。大概半天左右吧。有陛下的陷阱跟武器的話或許辦得到。」

「了解了。那就這樣吧。」

貝涅提姆完全以指揮官的表情點了點頭。你這傢伙了解個屁啦。

「那賽羅你呢？」

「主動出擊。」

我回頭看向基維亞與泰奧莉塔。

「在靠近這座要塞前打倒魔王『伊布力斯』。所有人要存活下來就只有這個辦法。」

——可以聽見從中庭傳來巨大的聲響。那是諾魯卡由陛下的聲音。

「諸位是朕的王國裡最勇敢的戰士、士兵、勇士！」

他以充滿無謂自信的聲音這麼說著。

似乎是拄著拐杖，一邊拖著一隻腳一邊激勵著士兵。當然聖騎士們都感到困惑。

但礦工與其相關人員就不一樣了。他們面面相覷，開始竊竊私語，不斷因為諾魯卡由陛下的話而點頭。感覺看到了難以置信的景象。

「保護朕的國土與人民吧！你們肩負著人類的未來！」

諾魯卡由陛下高舉握緊的拳頭時，礦工們也發出聲音。那是宛如喧嚷、戰吼般的喊叫聲。

「要上嘍！朕將祝福這場戰役！我們，也就是諸位才是真正的英雄！」

◆

之後就變得更加忙碌。

雖然所有東西都不足，但最大的問題果然還是人手。

正面與地下有礦工們與第十三聖騎士團。雖然把他們配置在該處，但除此之外的地方就沒辦法了。

謬利特要塞除了正門之外還有後門。防守該處的兵力，必須要由直接負責戰鬥之外的人員負責。補給、傳令、整備、修補、負傷者的收容。後方的部隊本來就是有再多的人手都不嫌多。只不過，我們不是正規的軍人，也預定我們將會在此全滅。由於是一群沒有被編入軍隊的犯罪者，所以也沒有任何權限。沒有正當調配人員的手段。

因此只能採取非正當的手段。

可以嘗試的方法實在太多了。首先是聚集鄰近監獄的囚犯。總共大約三十名。當然一般來說不可能這麼做。我用了賄賂這個方法。詢問的米魯尼迪監獄很迅速就做出回應。像要表示要殺要剮隨便你們般把囚犯交到我們手上。名義上是置於第十三騎士團的監督之下。

所有的囚犯都是死囚。

聽說是在戰場上趁機掠奪，行為就跟野盜或者山賊差不多的一群傢伙。由於不斷犯下強盜殺人、強姦婦女、販賣人口等罪行，才會像這樣整群人遭到監禁。判決雖然是死刑，但因為人手不足，所在施加聖印後讓他們從事勞務。

也就是說他們是作為國民的地位比我們還要高的一群人，當然也展現出符合身分的態度。

跟被拖到中庭來的那群傢伙面對面後，立刻就知道了。這些傢伙對於受到我們命令一事感到不高興。光是被帶到這裡來本身就無法接受了——他們臉上就是掛著這種全是不滿的表情。

「別開玩笑了。」

應該是眾山賊頭目的男人率先瞪著我看。

「我們或許做了許多壞事。怎麼說都被判了死刑，連來抓我們的軍隊都被我們幹掉了。」

這傢伙對我擺出威嚇的態度。那是只能做出這種解釋的表情。

「但是呢，我可不想被勇者命令。我們雖然是惡棍，但你比我們更糟糕吧。『弒殺女神』的臭傢伙！為什麼就得聽你們這群傢伙——」

「嗚哇，等等……」

這時傳出「啪嘰」一聲。是某種東西飛濺出去般相當潮溼的聲音。

「別這樣啦，不要惹老大生氣好嗎……」

渣布用一隻手舉著雷杖。

剛才對我惡聲惡氣的男人——不對，是他旁邊的傢伙右肩以下的部分全消失了。正確來說是變成碎裂的肉片散落了一地。

遲了一會兒後，悲鳴響起。

「我可不想被老大遷怒。所以可以別再用那種態度了嗎……？」

「……遷……遷怒？」

像是首領的男人以茫然的表情看向旁邊。這時他已經滿臉通紅，那是因為剛才飛濺出去的血沫所致。

「為什麼不是我而是這個傢伙？」

「啥？那個——嗯……你的體格比較好，聲音也比較大。」

渣布似乎只花了一瞬間來想出理由，馬上就又浮現開朗且有點窩囊的笑容。

「我覺得你很積極且充滿精神，應該會努力做事——你說對吧，老大？」

「……我知道了。剛才那件事是沒有事先做出說明的我不好，不過應該有一定的效果。但是……」

我踹了渣布的小腿一腳。

「別再這麼做了。」

「好痛——啊，沒有啦，說得也是！果然是要確實把他幹掉而不是只轟掉手臂對吧？」

「不對。他們是貴重的戰力，別再這麼做了。把那傢伙送到醫務室去。用聖印幫忙止血。」

如此叮嚀完後，我就離開中庭。

其實事先得到許可了。

由於囚犯們是在戰場上趁亂進行掠奪的死刑犯，所以「不論以多麼粗暴的手段來對待都沒問題」。就算我們直接傷害他們也無所謂。萬一得以存活下來，也可以免除他們的死刑。

這件事情也傳達給眾死刑犯知道了。這也就是表示，這座要塞受到猛毒汙染而全滅已經被視為既定的結果。

不論如何，看來這些傢伙的指揮權還是交給渣布比較好。刻畫在囚犯脖子上的聖印，應該能阻止他們發動大規模的暴動。

——我就這樣直接朝「司令室」前進。

那是位於要塞最上層的房間，在人群已退去的要塞內也顯得特別安靜。諾魯卡由坐在房間內司令官的位子上，貝涅提姆則是站在他身後待命。

「賽羅，我先把囚犯聚集起來了。你看到了嗎？」

貝涅提姆開口如此表示。以賄賂跟監獄完成交涉的就是這個傢伙。

「唔嗯，辛苦了。」

這麼回答的是諾魯卡由陛下，他甚至還重重地點了點頭。

「雖然是一群犯罪者，但現在是國土的危機。能加以控制的話，就充分利用吧。」

「……喂，為什麼陛下會在這裡？讓他待在工作室裡專心進行聖印的調律作業啊。」

「我也阻止過他了。但陛下根本不聽人說話。」

沒辦法嗎，我心裡這麼想。就連貝涅提姆那張嘴都無法阻止下定某種決心的陛下。應該說，大概沒人能阻止得了吧。

「士兵的數量完全不夠哦。」

諾魯卡由陛下以擔心的表情低聲說著。

「朕的軍隊增強計畫怎麼樣了？貝涅提姆宰相！立刻跟朕報告！」

「那個……我認為這應該跟賽羅商量才對。」

說完後，貝涅提姆就舉起某個筒狀物體給我們看。

那是封了口的書信。上面的印記是熟悉的家紋。圖樣是「在波浪間跳起的大鹿」。

「賽羅。這是寄給你的封口書信。」

「不行。」

「……沒有啦，那個，這邊的貴族指名你說可以借給我們兵力。寄信人是芙雷希．瑪斯提波魯特。就我個人來說，當然是……很想仰賴她的家族的幫助……」

說話的聲音之所以越來越小，或許是因為我的表情讓他有這樣的反應吧。我看起來應該很不高興。

「沒辦法拜託那個傢伙。」

我確實地搖了搖頭，但貝涅提姆依然表現出不肯放棄的氣息。

「那個，我說出來做個參考，對方說大概可以提供兩千的兵力……」

「忘掉吧。把那封信燒掉。」

「為什麼呢？賽羅，你跟這位寄信人是什麼樣的關係？瑪斯提波魯特家族。那是南方的夜鬼一族吧？為什麼……」

「以前曾經跟她有過婚約。」

聽見我的口氣之後，貝涅提姆似乎就不再堅持下去了。

「而且現在派兵也來不及了。這個話題就到此為止。別再說了。」

「我同意。這麼多兵力的話應該也包含了農民。現在是要準備過冬的時期。」

必須先把諾魯卡由陛下所說的話放到一邊去才行。他說的雖然一點都沒錯，還是得盡快結束這個兵力的話題，讓他回到工作室去才行。

「傑斯與萊諾果然來不及嗎？」

「姑且送出傳信鴿了。這也相當花錢哦。」

「迅速聚集各地的精銳吧。這就是你的工作，宰相。」

「……傑斯他相當忙碌，該怎麼說呢，他表示不想讓大小姐太累。還說要把我幹掉……然後，萊諾他無視我的訊息。」

「確實很有可能。」

「你說什麼？萊諾這個傢伙，太無禮了！現在立刻用朕的名義把他叫過來！」

名為萊諾的男人根本就不知道腦袋裡究竟在想些什麼。某方面來說比達也更難捉摸。那傢伙是我們懲罰勇者裡面最——應該怎麼說呢——以渣布的風格來說的話就會是「不妙的人」。

只有那個傢伙跟我們其他的勇者不一樣。這一點是我也不得不承認的。那是因為，那個傢伙是自己希望成為勇者的自願勇者。

「傭兵怎麼樣？試著談過了嗎？」

「雖然試著聯絡了，但沒有報酬對方是不會行動的哦。」

「那就打開國庫！不夠的話，除了貴族之外也從神殿那裡徵稅。」

「怎麼辦呢，賽羅？」

「金錢方面的話，現在鐸達正在努力。」

「快一點。讓值得信賴的貨幣流通，提升其價值吧。要驅逐目前在王國蔓延的劣幣就只有這個辦法了。」

「如果鐸達能趕得上就好了——」

我看向司令室的窗戶。太陽快要下山了。

以開始泛紅的天空作為背景，已經可以清楚地看見持續往這邊靠近的漆黑異形群。礦工們正在前門進行作業。他們挖掘洞穴，把刻畫著聖印的圓木插進該處。可以說是——簡易的拒馬吧。

「讓那些傢伙撤退比較好吧。」

礦工們性命的價值可跟我們這些勇者或者死刑犯不一樣。

雖然將他們配置在正門，但盡可能不讓他們直接參加戰鬥。因為怎麼說都不是職業軍人。應該專注於支援聖騎士。老實說，可以的話不希望他們加入戰線。某方面來說，他們算是被諾魯卡由騙來的人。

只不過，也不是不能了解他們的動機。這全是為了生活。

在澤汪．卡恩工作的他們，應該是出身於這附近的聚落吧。失去謬利特要塞的話，就只能捨棄住居進行避難了。而且是沒有任何生活保障的避難。要說之後能不能找到同樣的工作，想來應該很困難吧。

說起來，還是因為我對於些軍部的不信任才會讓他們這麼做。即使用猛毒汙染謬利特要塞也要阻止魔王「伊布力斯」，就等於是要鄰近居民放棄生活的作戰。

「喀魯吐伊魯不知道在想什麼。持續這種作戰的話人類將會滅亡哦。」

「……這麼說來，應該是有人真的想讓人類滅亡吧。」

貝涅提姆突然做出奇妙的發言。那傢伙在我旁邊小聲地這麼呢喃。

「賽羅，你喜歡陰謀論嗎？」

「太無聊了吧。」

我感到很傻眼。我知道貝涅提姆在奇怪的報紙寫了一些奇怪的文章。說句實話，那些文章根本沒辦法作為情報來源。

「什麼魔王崇拜者或是共生派，全都是胡言亂語吧。」

兩者都是崇拜魔王，高舉與魔王共生這種理念的傢伙。當然沒有進行檯面上的活動。一直有傳聞存在這種像是地下社團的傢伙們。

「你是想說軍隊中樞有這種愚蠢的傢伙嗎？」

「……這樣會很困擾吧。不可能會有這種事……」

這時貝涅提姆臉上浮現更加奇妙的笑容。

「但是呢，如果有這種勢力巧妙地運作讓人類吃敗仗的話，就能理解為什麼會有如此不合邏輯的命令了吧？」

我沒有做出任何回答。但的確有不這麼思考就無法解釋的情況。

軍部的上層有邪惡的傢伙存在——如果以確實存在這樣的團體作為前提——確實庫本吉森林不合理的命令還有澤汪·卡恩坑道的奇妙作戰就都能說得通了。那一定是陷害我的「那些傢伙」幹的好事吧。這些狗屁不如的臭傢伙。雖然不清楚是魔王崇拜者還是共生派，總之「那些傢伙」確實存在。

但現在必須集中精神在應該做的事情上。

「把泰奧莉塔找來。」

準備的時間已經結束了。

我陷入灰暗的情緒當中。人員的補強幾乎沒有任何進展。大概只比初期好上一些，狀況依然是孤立無援。

或者可以說是確實很適合懲罰勇者部隊的狀況。

「我跟泰奧莉塔要主動出擊。時間一到就打開後門。」

「請不要就這樣逃走哦，賽羅。」

「這我可不敢保證。」

我撒了謊。

從這裡逃走——如果可以這麼做的話，我不知道能過著多麼正常的人生。

面對魔王現象時，堡壘有一個最有效的防禦方法。

就是將護城河填滿水，並且把吊橋拉起來。讓對方在物理上難以接近。

如此一來，魔王的軍隊就無法進攻。只能倚賴水陸兩用的異形胡亞、凱爾派，或者是奧伯龍這樣的飛行戰力。不然就是魔王現象本體必須進行某種特別攻擊，或者無視護城河包圍城堡，把敵人關在裡面。

我們所面對的對手魔王現象十五號「伊布力斯」的軍隊大約是一萬。雖然應該被第九聖騎士團減少了不少戰力，但還是有將近這樣的數字。

其核心是魔王「伊布力斯」，所以預設的戰力規模很容易就超過三萬。一般來說，這對於一座城堡來說已經是絕望的數字。

但當中能夠跋涉水路的異形數量並不多，也查明幾乎沒有飛行種這個事實。這是從乾燥地帶或者凍土誕生的魔王現象經常可以看見的編成。

因此我們應該採取的防禦策略原本相當簡單。就是將卡都．泰伊大河的水引入護城河，並且將吊橋升起來進入持久戰。這段期間只要靜待外部的救援即可。可以的話，希望是比較能夠溝通的第六聖騎士團。

——只不過，這個方法打從一開始就被禁止了。

理由有二。

第一是沒有人會來救援。

第二是戰鬥的目的是把「伊布力斯」誘進城堡，然後用猛毒將其無力化。

也就是說只能主動招呼敵人入內。護城河雖然裝滿水了，但也就只能這樣。沒有得到關起前後門的許可。我們就在放下吊橋的狀態下跟魔王現象對峙。

我跟泰奧莉塔則是站在山丘上看著異形的軍隊湧至。

這是一個極度明亮的月夜。月亮的顏色是暗沉的綠色。這樣的月色，就像是要告知更加乾冷的空氣即將來臨。

魔王的軍隊就在這樣的月光下蠢動。

首先攻過來的是被稱為幽靈馬的異形化馬群。具備機動力與突破力，馬蹄連鐵製盾牌都能踏碎。嘴裡通常長著整齊的牙。這些傢伙正準備從正面攻入。

「全員戒備！」

諾魯卡由陛下激烈的聲音響徹全場。我則是受到脖子上聖印的影響，只要是懲罰勇者部隊的通訊，就算不想聽也會擅自進入腦袋裡。

「瞄準目標。還不要開火。」

可以看到正門的牆壁上有五十名礦工舉著武器。

那是刻畫著聖印的雷杖。

「真的假的。貝涅提姆那個傢伙。」

我忍不住這麼呢喃。

我看見在城牆上指揮礦工的男人了。那是拄著拐杖，拖著一隻木製義足，滿臉鬍鬚的壯漢。除了諾魯卡由陛下就不會有別人了。

「沒辦法阻止陛下出擊嗎？」

這究竟是不是件好事——老實說我無法判斷。不過唯一可以知道的是礦工們目前士氣相當高昂。雖然緊張，但正門的城牆上仍充滿戰意。

「還不行。等牠們再靠近一點。」

諾魯卡由這麼說道，他的指示並沒有錯。幽靈馬群靠近吊橋。外表恐怖的馬群，看起來根本不像是草食性動物。

面對這些異形，礦工們沒有因為慌張而展開拙劣的射擊。反而可以說確實地聽取指示。

「可以了！」

諾魯卡由下達許可的時機也很不錯。尤其是距離根本無可挑剔。

「射擊！」

雷杖起動了。

即使礦工們沒有戰鬥經驗，其威力也不會有所改變。主要的原因是因為由諾魯卡由調律的聖印，威力不可能出差錯。那個男人可以輕易地從根本改組他人刻畫的聖印，讓威力獲得飛躍性的提升。

雷光貫穿虛空，射穿了幾隻幽靈馬。雖然有七成沒有命中目標，但就算是這樣也無所謂。如此一來能挫其跑速，目的是擾亂幽靈馬的攻勢。

「——拒馬！」

這聲號令並非來自諾魯卡由陛下。那是基維亞的聲音。她緊繃的聲音響徹全場。

「拉起來！聖印起動！」

潛伏在正門前面的聖騎士團開始動作。

前端削尖的眾多圓木像是要阻擋幽靈馬的去路般被拉起來。全是刻劃聖印的圓木——馬撞上它們或者從縫隙中穿過時就迸出強烈的閃電。

這個龐大的機關也出自於諾魯卡由之手。

那個傢伙光是自己一個人就已經是技術異常高超的聖印技師了，但其真正的價值是要在指揮其他人時才能發揮出來，至少我是這麼認為。諾魯卡由這個男人，能用任何人都能理解的設計圖來展現聖印雕刻這種複雜的作業。

也就是說，能夠讓隨便走在路上的人立刻變成熟練的工匠。只要能聚集確實聽從諾魯卡由指示的人力，該集團就會變成在那個傢伙意志之下運作的巨大工廠。

礦工們就相當完美。他們確實地遵從諾魯卡由的指示。

「很好。完美無瑕！大家幹得很好！」

諾魯卡由如此怒吼著。

看來就連陛下都相當滿意這次的成果。加上謬利特要塞原本就有的設備，數種聖印兵器互相產生連動。一旦起動，應該能殺傷數十、數百，有時甚至是數千名敵人。

——這幾乎是謬利特要塞所有的防衛手段了。

藉由經過諾魯卡由調律的聖印來阻擋敵人。

這個大方針是我所想的防衛戰術。最多只有兩百人左右，想要盡可能讓要塞抵擋住攻擊的話，也只能倚靠聖印兵器的威力了。

目前諾魯卡由所完成的強力拒馬，確實擁有連大型異形都能阻擋下來的力量。

現在變成黑炭倒下來的幽靈馬就是最佳證據。刻在木樁上的聖印，在沒有任何時間差的情況下連鎖起動，只能說諾魯卡由的技藝確實名不虛傳。藉由將有限的聖印兵器連結起來，讓威力產生飛躍性的提升。

這樣的機關給予敵人超出實質傷害的效果。

可以發現看見聖印的威力之後，後續的幽靈馬、魔獸等傢伙都開始猶豫起來了。雖說是只要魔王一聲令下就連死都不怕的異形，但還是懂得避免無謂的自殺。

這也就表示，魔王無法指示出有效的攻擊手段。

「準備接下來的射擊！」

諾魯卡由發出嘹亮的聲音。

「漂亮的射擊。敵人因為諸位勇士的攻勢而感到害怕了！」

「陛下沒問題吧。」

像是感到困擾般這麼說道的是渣布，他負責的是後門。帶著三十名左右的囚犯，在城牆上舉著狙擊用的雷杖。

「不會跑到太前面了嗎？貝涅提姆先生，注意一下他啦。」

渣布一邊說話，一邊開火射擊繞到後門的敵人。

可以說是百發百中。

像是只瞄準頭部與心臟一般——藉由射擊粉碎試圖以機動力迂迴至後方的幽靈馬，或者一小撮想游過護城河的胡亞。囚犯們也隨著渣布嘗試射擊。這樣應該具備一定的牽制力才對。

雖然這也是不想承認的事實，不過渣布確實具備戰鬥指揮的高度才能。才一天那些死刑犯就完全聽從渣布的指示了。齊射的配合也有一定的水準。甚少出現對著射程距離外的無謂射擊。

「沒有啦，那個——我拚命阻止陛下了哦。」

傳來貝涅提姆快哭出來般的聲音。接著開始說起藉口。

「但是他完全不聽我的話……」

「宰相，你很囉唆哦！朕是國王。朕來到最前線作戰，士兵們才會奮起！」

來自諾魯卡由的斥責。恐怖的是，他說的是事實。防守正門城牆的礦工們士氣高昂到讓我難以置信。

「貝涅提姆先生，你這樣怎麼行呢。根本無法阻止他。貝涅提姆先生連嘴巴都派不上用場的話，那到底還有什麼用處呢。」

「咦咦……？渣布，你經常對我很沒禮貌耶。」

「哎呀，那是因為我真的看不過去啊。」

即使在閒聊當中，渣布也沒有停止射擊。虧他能在這樣的情況下集中精神在狙擊上，何況還要一邊對部下做出指示。

狙擊技術已經可以用變態來形容了吧。

每次射擊就會有一隻——不對，是兩隻怪物確實被貫穿。有時甚至是三隻。他仔細地射穿大型異形的腳令其跌倒來牽連小型怪物，利用牠們的身軀把小型怪物壓死。試圖跳著進入護城河的青蛙型異形在空中就遭到擊落。

他頻頻在說話的情況下使出這樣的技藝。

「老實說，陛下他比我們重要許多吧。陛下要是有個三長兩短，要塞就撐不住了……老大，你認為呢？」

「為了不變成這樣，我稍微思考了一下。」

「哦，不愧是老大。那麼你有什麼辦法呢？」

一道聲音簡直就像在回答渣布的疑問般響起。

「要上了！」

基維亞尖銳的聲音再次響徹現場，聖騎士團開始了符合其騎士身分的行動。

也就是乘坐馬匹。全身穿戴著印群甲冑的騎士騎在馬背上，到處擾亂魔王的軍隊。每次揮動長槍都會有火焰或者閃電迸出。

就我來看，基維亞的指揮也很不錯。乍看之下——像是深入魔王現象的軍隊當中，但立刻又後退。有時候又會直接穿越。面對像這樣被釣出來的魔王現象勢力，則又回頭發動攻擊。

基維亞他們雖然人單勢薄，大概不過二十騎，但穿戴的甲冑相當特別。身上會放射出照耀夜色的火焰來阻止敵人的追擊。騎兵擾亂異形們的戰線，進行著不讓異形輕易靠近要塞的行動。

「……基維亞很有一套嘛。」

泰奧莉塔在我身邊這麼表示。聲音聽起來似乎有些不滿。

「那些傢伙能把敵人解決掉就好了。」

我帶著一半認真的心情這麼說著。

據說以全身印群這種萬全狀態出征的騎士，在平地進行白刃戰的話大概可以抵過三十名步兵的戰力。根據時間及場地的不同，有時候甚至會超越這個數字。

「如果是在基維亞的指揮下，大概可以發揮千人的力量。不需要我上場的話當然也很好。」

「賽羅！」

泰奧莉塔繞到我的正面。接著以嚴厲的眼神往上看著我。

「為什麼說出如此沒有氣概的發言！我已經贈送給你特別的祝福了！」

她用手指戳著我的胸口。我覺得有點痛。她就是戳得如此用力。

「輸給基維亞的話太沒面子了！」

「我才不需要什麼面子。」

這時我也只能苦笑了。實際上，戰線維持得比我想像中還要好。

受到諾魯卡由激勵的礦工們果敢的射擊，以及刻畫了聖印的拒馬。防守後門的渣布極為精準的狙擊防禦。想要突破這些防禦，就必須有承受一定程度傷害的覺悟。要撐到魔王現象的本體來到現場並非那麼困難——

原本是這麼想，但可能是運氣已經全部用完了吧。

「啊，那是什麼？」

渣布以疑惑的口氣這麼呢喃。

可以看見魔王的軍隊像從中央分裂一樣，一團由數百名人員組成的群體衝了過來。

那些傢伙都騎著馬。人型的影子跨坐在幽靈馬上。馬背上設置了馬鞍與馬鐙，手上則拿著弓箭。弓弦架著的箭上燃燒著火焰。

「……人類？」

貝涅提姆發出驚愕的聲音。

沒錯。人類跨坐在幽靈馬上。並非異形，是一般的人類。即使從我所在的地點也能清楚地分辨出來。

（但是——）

從未聽過這種事。

沒有異形化的人類竟然跟魔王現象的軍隊同一陣線。

（那些傢伙究竟是什麼人？）

接著人類就發射出火箭。

火箭刺中刻畫著聖印的拒馬，令其開始起火燃燒。聖印的防禦逐漸被燒燬。

謬利特要塞的防禦就這樣在戰鬥開始不久後逐漸失去了重要的外殼。

刑罰：謬利特要塞防衛汙染 5

「這到底是怎麼回事？」

我無法壓抑自己焦躁的聲音。

人類使用武器混在魔王現象的軍隊裡面。

這實在太過異常。在意義上跟異形化的人類完全不同——這表示人類裡面終於出現跟那些傢伙同調的勢力了。

雖然數量極為稀少，但可以知道魔王現象裡也有能理解人類言語的傢伙。那樣的傢伙通常擁有接近人類的精神形態。

如此一來，雙方就可能以彼此的利益為目的而完成交涉。雖然認為想到這種事情的傢伙真的是瘋了，不過總之理論上應該是這樣。或者是受到魔王現象某種精神上的干涉？

可以的話希望是這樣。只不過，從未聽說那個「伊布力斯」具備這樣的性質。

「賽羅……」

這時泰奧莉塔這麼說道。她的臉色相當蒼白。看來她認為這樣的事態相當嚴重——我能了解理由。

「出現極大的問題了。我無法攻擊人類。以構造來說，我無法辦到這樣的事情。」

「我知道。我會想辦法。」

話雖如此，但這實在是太過嚴重的問題。

「……基維亞！聽得見嗎，到底是怎麼回事？那些傢伙是哪方面的人馬，沒有聽到第九聖騎士團提過這件事哦。」

呼叫了好幾次後才終於得到回應。

如果是懲罰勇者之外的對象，藉由聖印的意見溝通將會突然變得遲鈍。我聽說那是因為受到某種「波長」的影響。

「……我也不知道。」

竟有如此負責任的回答。

基維亞等一群人正迅速地準備離開正門前面。跟埋伏著的十幾名救援騎兵一起迎擊追擊過來的眾異形。

「可以確定是貴族的私人軍隊。具備騎馬與騎射的技能。」

而且還多達兩百名。

雖然身上穿的不是甲冑而是輕裝，但腳上戴著護具，頭上也有頭盔。因此看不見容貌。這樣的傢伙騎著幽靈馬並且發射火箭——瞬間就把諾魯卡由陛下築起的拒馬燃燒殆盡。算是有點惡夢般的光景。

「什麼叫貴族的私人軍隊？為什麼那種傢伙會成為魔王的手下？」

「……我不知道。」

「什麼事情都不知道！那可以攻擊吧？抓起來讓他說出真相。」

「也只能這麼做了——雖然很想這麼說，但是辦不到。他們離開了！這樣根本追不上。」

「可惡。」

正如基維亞所說的，騎兵集團在燒掉拒馬後就立刻離開最前線。裝備聖印群甲冑這種重武裝的基維亞等人追不上他們。也就是說，從正門的攻城並非這些傢伙的責任。他們前進的目的地是——地下道嗎？我們刻意將那邊的門打開了。他們應該是打算繞到那邊吧。

（只能說是不幸中的大幸了。）

老實說這真的幫了我一個大忙。我們可以不用跟人類戰鬥了。

「賽羅，糟了！好像來到下水道了！」

「看就知道了。看來那些傢伙知道這座城堡的構造。」

「所以才說糟了啊！要是到我這裡來該怎麼辦！」

「你總是只想到自己的安全……不過，算了，別擔心啦。」

「對啊。到底有沒有在聽作戰內容啊，貝涅提姆先生。那裡有達也先生守著吧。嗯，看來全部會被幹掉。」

「沒錯。除了達也將軍的防守之外，還有朕親自完成的爆炸聖印。那將成為地下道的最後防線。」

貝涅提姆沉默了下來。果然是完全不適任指揮官的男人。

總之地下道是安全無虞。就算對方帶著異形一起攻進去應該也能撐得住，最重要的是還有最後手段可以用。地下道的話，只要把它炸掉加以封鎖就可以了。你們就盡量到那邊去吧。

從這件事情就能知道那些騎兵沒有什麼攻城的經驗。就算是貴族的私人軍隊——看來也不是跟軍部親近的派閥。那麼難道是神殿嗎？

「話說回來，負責地面的我們該怎麼辦？」

渣布發出像是覺得很麻煩的聲音。

「我這邊已經忙不過來了，可沒辦法處理正門的事情哦。」

那傢伙說得沒錯。大型的異形們已經來到正門前面了。

那是被稱為凱伊拉克的種類。是以牛為素體的巨大獸類，身上覆蓋著厚重的裝甲，同時具備強韌的尖角。這樣的角能夠用來作為衝車。雖然只能想辦法不讓牠靠近城門，但是光靠雷杖的射擊根本無法阻止牠們前進。

「貝涅提姆先生，你是司令官吧。快點想想辦法啊。」

渣布的聲音沒有絲毫焦躁的成分。只是冷靜地依序狙擊試圖靠近後門的異形。

「至少把陛下從城牆上弄下來怎麼樣啊？凱伊拉克來到現場嘍。到時候正門根本撐不住。」

「沒……沒有錯！陛下，這時候請您撤退吧！」

『不行，你那邊派增援的人手過來！這裡是國土防衛的最前線，朕親自領導的城堡！如果城破且國王撤退的話，國家將會失去心靈的支柱！』

「我這裡沒有增援的人力，那個，還有……」

貝涅提姆把「說起來你根本不是國王」這句話吞了回去。聰明的選擇。那只會讓陛下暴怒而沒有任何效果。

「打開砲門！」

諾魯卡由朗聲這麼說道。

「準備砲擊！別讓那些大型異形靠近！」

城牆的各處有了動作。傳出喀哩喀哩的異樣聲響。

設置在這座城堡的大砲，擁有「火把」這樣的製品名稱。是伐庫魯開拓公社所開發的，能發射聖印砲彈的武裝。能將彈體加上旋轉後射出，具備穩定飛行距離的構造，屬於最新型的製品。

雖然威力強大，但正門方向全部只保養了四門大砲。以留守這座謬利特要塞的人數來看，這樣的數量已經是極限了。

「——射擊！」

那是諾魯卡由調律的大砲。不論是威力還是爆炸半徑都相當大，但外行人根本沒辦法瞄準。光是砲彈沒有膛炸就值得稱讚了。

因此雖然沒有直接命中對手，但多少還是有點效果。

零散發射出去的砲彈，把數隻凱伊拉克捲進去一起轟飛。剩下來的也多少受到了傷害。只看第一波攻擊的話——應該算是撐過危機了吧。不過既然無法連射，那麼對方下一次組成戰線並且同時進攻的話，就會抵達正門了吧。

「可惡，果然沒能好好瞄準嗎？威力也不夠！萊諾到底在幹什麼。貝涅提姆宰相，立刻把那個蠢貨叫到這裡來！」

「有沒有聽我說話啊？陛下，他不在哦！」

「那找傑斯來！呼叫航空戰力！前去破壞敵陣吧！」

「他也不在啊。」

「那麼，這樣的話——」

我已經知道他接下來要說些什麼了。我拍了拍泰奧莉塔的肩膀。對回過頭來的她使了個眼色——輪到我們了。

「賽羅總帥！殲滅敵陣本營與敵將！然後讓這些敵人撤退吧！」

「沒辦法了。」

比想像中還要快。魔王現象「伊布力斯」仍在敵方後列緩緩移動當中——原本是想等牠來到前線後，才在城牆的援護下發動攻擊。

即使如此，現在也只能出動了。等敵人入侵到城堡裡就太遲了。

「泰奧莉塔。」

我必須要說出口才行。

「原本還要再等一會兒才輪到我們上場。」

「不，我等不下去了。」

泰奧莉塔以已經燃燒著火焰的眼睛，搶在我前面邁開腳步。

「『女神』與聖騎士的戰鬥就是得這樣才行。為了現在不在這裡，連長相都不清楚的某個人而戰！這才是為了人類的戰鬥。」

她撩起的輝煌金髮正灑下小小的火花。我心裡頭想「開始了」。

「確實很像『女神』會說的台詞。下次要不要上舞台去表演？」

「我呢……」

泰奧莉塔露出狂妄自大的眼神。

「要把剛才的話原原本本地還給你。你想想看自己現在準備要去做的事情。」

接著就有手指直接伸到我眼前。

「你才是老是在賭命呢。」

「我無所謂啊，因為我是不死身。」

「騙人。」

泰奧莉塔立刻否定我說的話。

「就算不是不死身，你也會這麼做吧。明明是這樣，你卻表示討厭我們『女神』的存在方式。」

「別說了。」

「不，我要說。你的那些感想說起來只是——」

我默默地準備聽她繼續說下去。讓泰奧莉塔有個一次反擊的機會也不錯吧。因為我一直都是隨心所欲地開口罵人。

「所謂的同性相斥吧。」

「我知道啦，可惡。」

泰奧莉塔跟我戰鬥的理由一致。泰奧莉塔為了得到人類的稱讚而戰鬥；我則是不想被人瞧不起而戰鬥。雖然不想承認，但我們是半斤八兩。這傢伙跟我都是為了他人的評價而賭上性命。

真是個丟臉的傢伙，我如此自嘲著。別人是如何看待自己的，竟然因為這種理由而戰鬥——到底有多愛面子啊。是想成為英雄嗎？明明發生過賽涅露娃的事情，我怎麼還是學不乖。

但就算是這樣，我果然還是無法逃避自己。

「我知道了。」

這時我點了點頭。

「……妳說的沒錯。是我輸了。」

「對吧？」

泰奧莉塔以鼻子發出驕傲的「哼哼」聲。她看起來很開心。

「所以我才選你當騎士！」

（還不錯嘛。）

心情很好。應該做的事情很明確。

在這裡獲勝。把謬利特要塞守下來。這樣就等於保護了泰奧莉塔。如果需要的話，那就好好地告訴喀魯吐伊魯軍部泰奧莉塔有什麼「用處」。

而且這樣也能解救不得不陪我們一起籠城的聖騎士團還有礦工們。還有——真的不清楚長相，甚至不知道是否存在的某個人。放棄這座要塞，就等於人類的戰線退後。周邊的聚落將被徹底捨棄。我們獲勝就能阻止這件事。

我把所有的理由都列出來。

有這麼多理由的話，似乎就能進行一場英雄般的戰鬥了。

想在具有意義的戰役中獲勝。希望藉由幫助別人來覺得自己是個了不起的傢伙。想要相信自己仍有價值。從「客觀的」角度來看，這是很無聊的動機。

但是我才不管別人有什麼感想。這是我的戰鬥。

「你是勇者，而我是『女神』。必須要祝福這場戰鬥才行——」

這時泰奧莉塔說出就我所知的首次玩笑話。臉上帶著惡作劇孩子般的笑容。

「這是我們彼此的工作，所以也沒辦法對吧？」

「妳越來越懂事了。」

我抱起「女神」。

然後踢向地面。飛翔印使出全力來往空中跳去。

「就是這樣。開始覺得能輕鬆獲勝了。」

「對吧。」

泰奧莉塔很開心般纏住了我。

我拔出小刀，朝眼睛下方成群的異形投去。扭動身體連續投擲了三次。激烈的閃光與爆炸聲擾亂了那些傢伙的隊列。

目標是魔王「伊布力斯」。

一萬異形的深處可以看見牠巨大的身軀——看我把你們全部轟飛。

刑罰：謬利特要塞防衛汙染 6

這一天，第十三聖騎士團步兵隊長拉吉特．西斯羅在地下道看見了魔人。

也就是被稱為達也的懲罰勇者。

為了封鎖地下道而配置在此的聖騎士團士兵大約有二十人左右——這支部隊的指揮官就是拉吉特．西斯羅。

看見湧至的入侵者時，他已經有死亡的覺悟。不得不認為這個地下道就是自己的葬身之處。騎著名為幽靈馬的異形從地下道猛衝過來的人類。那模樣讓人感到驚愕，同時也感到恐懼。

「人類跟異形一起？」

舉著雷杖的一名部下這麼呢喃著。

「怎麼可能。」

西斯羅也有同樣的感想。看見難以置信的景象了。

每個人都受到了衝擊。這樣下去的話，就只能遭到敵人蹂躪了吧。敵人數量眾多，產生動搖的士兵毫無勝機。原本應該是這樣才對。

這時候，名叫「達也」的男人就在那裡。

「咕咕……」

他的喉嚨發出這樣的聲音。

同一時間，達也已經舉著戰斧衝出去了。比拉吉特等人開始準備應戰還更快。而且還是以根本追不上的速度。

「咕……噗啊啊啊啊啊嗚！」

異樣的吼叫聲響起。

達也只用一隻手就旋轉著長柄戰斧。將打前鋒的一名騎兵擊潰後，又用左手抓住另一名騎兵刺出的長槍，一邊將其拖倒一邊用斧頭往上砍。或許應該說轟飛。砍斷背骨後，以持續往下揮落的動作把坐騎——幽靈馬也送進地獄。

動著四肢的達也就像是昆蟲般到處跳動著。

「那是什麼？」

不知道哪個部下發出了茫然的呻吟聲。

「那是人類的動作嗎？」

老實說這也是拉吉特的感想。

才剛看見他橫向跳躍，整個人貼在牆壁上時，戰斧就又往敵人身上轟落。拉吉特首次看見人類的肩膀能夠像那樣轉動。有時甚至連天花板都拿來當成立足點，把騎兵連同坐騎砍成兩半。敵人刺出的長槍全被彈回去或是折斷。

「——怪物啊！」

敵人的騎兵發出悲鳴。

「這傢伙……這傢伙也是異形嗎？太快了，根本打不中，聚集起來防守吧！」

幾個人受到恐懼感驅使而做出錯誤的選擇。說起來防禦這種行動，對騎兵來說本來就是不擅長的領域。只會落得被一起砍死的下場。

達也閃開排在一起刺出的長槍，像在地面爬行一樣壓低身子跑著。長柄戰斧同時往上彈後，血沫就一路飛濺到天花板上。

「——所有人，進行援護！」

這時拉吉特・西斯羅才終於回過神來。

「別讓那名懲罰勇者被包圍！雷杖，射擊！」

當射擊開始後，戰況只能說是一面倒。

看來地下道這個密閉空間似乎是達也最擅長的戰場。不論是天花板還是牆壁都能毫無困難地跳上去，戰斧的鋼刃像雷光般閃過來阻止入侵者。

雖然準備好利用聖印的爆炸封鎖計畫這個最後的手段，但根本不需要實行。結果拉吉特他們能做的就是收拾達也遺漏的敵人，還有援護他的背後。

最後腳邊全是達也粉碎的敵人留下的血與肉，甚至還有人因此而嘔吐。

（——竟能毫不猶豫地完成這樣的殺戮。）

會動的敵人消失後，達也就在大量悽慘的屍體當中抬頭看著上方然後靜止不動。看起來實在不像人類。那宛如人偶般的呆立模樣，讓拉吉特感覺到一股異樣的氣氛。

「咻嗚嗚啊啊啊嗚。」

從喉嚨擠出來的呻吟聲，就像是從深海浮上來的潛水員在呼吸一樣。

（這傢伙到底是什麼人。）

實在不認為他是人類。

這時「魔人」這個名詞閃過拉吉特的腦海。

◆

月光被遮住了。

雲的流動變快，風開始吹起了。

我跟泰奧莉塔像要在風間穿梭般跳動著。無法直接穿越眾異形的正中央。必須將能短暫在空中跳躍的飛行印薩卡拉發揮出最大的機能來戰鬥。這是像我這樣的雷擊兵最擅長的領域。

雷擊兵這種兵科，是到了最近才被構思出來的存在。

初期的設計主題是短距離的跳躍機動，以及藉此從敵人頭上發動的火力投射。

尤其是機動力這一點更是受到矚目。騎乘飛龍的龍騎兵雖然強大但是遲鈍，而雷擊兵就是被期待能夠彌補這個缺點的存在。能夠攻入、分斷異形軍隊，或者給予魔王現象本體直接打擊的決戰兵力。

不過利用飛翔印的機動，以及之後要進行有效攻擊都需要莫大的訓練。那不是一般步兵進行的訓練就能輕易熟悉的動作。因此量產該兵科的士兵變成了難題，不過設計思想本身倒是相當正確。

能夠比騎兵更迅速、更立體地迂迴於戰場上，從敵人後方攻擊核心。

這個時候我跟泰奧莉塔嘗試的就是這樣的行動。以最小限度的距離繞過敵人集團，朝著魔王「伊布力斯」前進。交戰根本沒有意義所以極力避免。

只不過，注意到我們身影的異形們幾乎是反射性發動襲擊。謬利特要塞的周邊是平緩的山丘與一大片草原，只有寥寥可數的遮蔽物。

也就是說，再怎麼努力都會發生無可避免的戰鬥。

「來了哦，賽羅。」

纏住我脖子的泰奧莉塔這麼大叫。

「巨大的犬型怪物，還有青蛙們！」

我感受著耳邊的風——也跟著往下方看去。

魔獸與數隻胡亞。全都看見我們了。還有從魔王現象的群體裡分出一隊人馬往這邊迫近。從剛才開始就解決了幾隻像這樣對我們發動攻擊的怪物——看來差不多要完全被認為是礙眼的存在了。

就像是要證明這件事情般，可以知道已經靠到近處的魔王「伊布力斯」正在看著我們。牠有著巨大黑色水蛭般的外表。感覺比想像中還要小一點，尺寸大概跟大象差不多。並排在牠體表上的紅色眼珠確實地看見了我跟泰奧莉塔。

「那些傢伙差不多要認真攻擊我們了。打起精神來吧。」

「我知道。」

泰奧莉塔伸出手來。

「請吧，吾之騎士。」

她的指尖爆出火花。

我迅速做出回應。從虛空中出現一把有著鋒利劍刃的單手劍——我伸手抓住它後往地面丟去。劍刺中魔獸的身體並且爆炸，我隨即降落到牠的血與泥土當中。

胡亞們逼近想要包圍我們。

（還有五把小刀嗎？）

我抽出小刀，在吸氣中將其投出。

閃光。爆炸。奔跑穿越並且跳起。風發出低吼。噪音與光芒吸引許多異形的注意。我為了確保著地地點而繼續朝數十隻異形前進。

泰奧莉塔瞪大燃燒著火焰的眼睛，並且以它看著一切。

對於進行機動戰鬥的聖騎士來說，「女神」就是另一對眼睛。能夠藉由共感來分享某種影像，藉此來消彌聖騎士的死角。跟以純粹用對話來溝通比起來，這樣可以更快速地處理情報。對於聖騎士來說，這也是本來就存在的型態之一。

即使如此泰奧莉塔還是特別開口宣告。應該是試著要緩解自己，或者是我的緊張感吧。真是愛多管閒事。

「這次是牛的怪物，賽羅。很大哦。」

「那是凱伊拉克。」

連城牆都能藉由突擊加以破壞的巨大牛型異形。頭上長著鉛色的發亮大角。在月影底下看起來就像一座小山在動。

「還差一點才到魔王。」

我看向前方。跟魔王「伊布力斯」的紅色眼睛對上了。

「再撐一下。無論如何都要抓緊我。」

「這還用你說嗎？」

泰奧莉塔笑著召喚出一把劍來。

「死掉的話會挨你的罵吧？」

妳倒是很清楚嘛，我心裡這麼想。一邊這麼想，一邊握住召喚出來的劍。讓聖印充分浸透。劍刃發出光芒，接著將其投射出去。

一瞬間，破壞的力量起動。凱伊拉克的頭有一半以上被轟飛。凱伊拉克隨即尖叫著扭動身軀。揮舞著巨角，不停踩踏大地。我為了避開牠而必須大幅度修正著地位置。這不是件好事。

快要被包圍了——不對。

可以感覺到有東西纏上我的腳。

（——竟然是幻形怪。）

原來是從地底下。

蜈蚣型異形露出臉來，試圖要咬我的腳。從空中看不見這個傢伙。只能說自己運氣實在不好。牠就像地雷一樣潛藏在土裡。

我立刻起動飛翔印，在被咬中前踢飛幻形怪。「啪嘰」一聲，感覺到粉碎其頭部的感觸。但攻勢不是這樣就結束了。又有一隻、兩隻——幻形怪不斷出現。我必須處理這些傢伙才行。

連續把牠們踢飛後，為了逃離現場使出低空跳躍。沒辦法跳過太遠的距離。

（看來快被包圍了。）

因為連續使用飛翔印，讓我感覺到腳上累積了熱氣。要再次跳躍還需要一段冷卻時間。以時間來說，大概是三次緩慢深呼吸左右。

「今天運氣不好。可能是大凶日。」

「應該是因為對『女神』的祈禱與稱讚不足的關係吧？」

越是艱困的時候就越想說些玩笑話。泰奧莉塔也配合起我來了，可能是因為有一部分精神與我共有的緣故。

「知道了。我之後會反省。」

腦袋裡浮現應該做的事情。

雖然還有一大群異形，但魔王「伊布力斯」就在附近。現在開始將會是相當嚴苛的賭注。得掃除周圍的那些傢伙——想拉開距離——再次跳躍的瞬間會毫無防備。

不能讓他們妨礙我跳躍。

（在跟「伊布力斯」戰鬥前，還能留有餘力嗎？）

我壓抑下這個突然冒出的疑念。

掉落到地上的雷擊兵最可悲的地方，就是再次跳躍前無論如何都會出現很大的空隙。還有數十秒鐘，我就跟一名孤立的步兵沒有兩樣。而且也不能使用泰奧莉塔的能力。必須為了重要的工作保留下來。

（就算沒有餘力……就算硬拚還是用什麼方法……）

我瞪著往這邊迫近的異形們。不論用什麼手段，都要先幹掉這些傢伙。

（打起精神來。已經下定決心要做了不是嗎？）

這麼想的瞬間，我感覺異形之間產生了一陣動搖。

從東方出現閃耀的綠色之月。感覺敵人軍隊開始晃動。魔王「伊布力斯」也有幾顆眼睛看向該處。

（……真不敢相信。）

我在綠色月光下看見了恐怖的東西。

是翻動的旗子。紋章是「在波浪間跳起的大鹿」。雖是我認識的旗子，但一點都不想看見。

那是被稱為瑪斯提波魯特家族的南方某望族的旗子。

也是我前未婚妻家裡的印記。

「……貝涅提姆。」

我感覺到自己的聲音充滿怒氣。

「為什麼那些傢伙會跑過來？你欺騙了我吧？」

「那個……賽羅，我反過來問你好了。」

貝涅提姆以有些膽怯般的聲音反問。

「為什麼你會覺得我說的是真話。賽羅你聽了一定會生氣吧。」

貝涅提姆臨時湊合的謊言真的很惡劣。實在太惡劣了。正因為它有時會讓情況好轉才更是惡劣。

然後要說到惡劣，還有另外一件事。

「賽羅！救命啊！」

那是鐸達整個拔高的聲音。

同一時間——這次換成北部，異形們的後方揚起土塵。魔王「伊布力斯」的眼球忙不過來了。又有幾顆眼球的注意力轉移到後方。

「……鐸達，你在做什麼。」

「我被一群傭兵追啊！快點救我！」

「什麼叫做救你。你不是去想辦法弄錢僱用傭兵前來救援嗎，為什麼你會變成需要救命的立場？」

隨便找個貴族的宅邸潛入，把值錢的東西偷出來——然後用它跟傭兵交涉看看，這就是我原本跟他說的計畫。

當然也計算到鐸達可能途中就逃走。反正那個傢伙待在要塞裡也派不上什麼用場，甚至還預測他有扯後腿的可能性。

那個男人現在帶著傭兵團，從北方靠近魔王現象的一群異形。從土塵的規模來看，應該是以騎兵為主的編制吧。

「沒有啦，賽羅。你冷靜聽我說。我那時候就想，與其去偷別人的錢僱用傭兵團，倒不如直接偷傭兵團的錢來僱用傭兵團還比較快——」

「夠了。光聽你說這些話，感覺我的腦袋就要整個變笨了。」

這時我已經跑了起來。泰奧莉塔發出不適合這種場合的竊笑聲。我大概也用鼻子發出笑聲了吧。

異形們開始產生混亂。在這樣的情況中，我輕躍到依然以發狂般速度衝過來的傢伙正面。投擲出小刀來引發爆炸。

這場混亂經過數十秒。

那些傢伙無法立刻對應東邊來的增援，以及北邊來的莫名其妙集團。也無法下定決心無視他們的存在。至少他們的威脅性都比我還大。

通往魔王「伊布力斯」的道路整個清空了。

刑罰：謬利特要塞防衛汙染 7

劍雨降落。

雪白劍刃在綠色月夜中閃爍並且落下。

我從劍雨的縫隙中跑動著。異形們沒辦法確實地應對眼前的狀況。理由是因為有兩種不同的增援。

從側面的攻擊就像是側臉挨揍一樣，而從後方出現的騎兵們則是分散了魔王「伊布力斯」本身的注意力。有幾成的異形轉往那個方向。這是符合動物天性的對應。

這些傢伙根本不足以成為軍隊。魔王「伊布力斯」果然沒有太高的智力。

（這樣的話，為什麼會？）

實在不認為還有其他令異形們攻擊這座要塞的指揮官。只不過，現在不是想這些事情的時候了。

要突破被劍刺穿的眾異形已經不是什麼難事。

踩下一隻撲過來的胡亞，讓牠陷入地面後跳了起來。靠近魔王「伊布力斯」的直線距離——只剩下一步。射出小刀把礙事的大型魔獸轟飛。接著躍起。

魔王已經在眼前。

（等等，好大啊。）

原本以為跟大象差不多，結果是我錯了。

靠近一看之下，這傢伙超級巨大。簡直就像移動的城堡。看起來要經過謬利特要塞的正門應該很困難。不過，我還是有辦法對付牠。這種距離的話，薩提・芬德也能丟得到牠。

不過這也是「伊布力斯」可以反擊的距離。這隻像水蛭的魔王只擁有單純的攻擊手段。以自身重量壓扁敵人、伸展柔軟的身體來試著把我擊落，或者是單純的突進。雖然只是用身體衝撞，但是相當有效。

「泰奧莉塔！」

我在空中扭動身子。

「辦得到吧？」

「那是當然了。」

點頭。該做的事情已經傳達出去。可以感覺到纏住脖子的力道。火花四散。空中誕生一把長大的劍——簡直像塔一樣的劍。

大劍落下，貫穿「伊布力斯」的身體並將其撕裂。「咚啾」一聲噁心的聲音。那是奇怪的鳴叫聲。突進的動作減緩。亂動的話劍刃會刨開更多的肉。

我以那把劍的劍柄作為落腳處。一踢後再次躍起。

劍馬上生鏽變成鐵砂崩壞。「女神」的召喚物會像這樣有個體的差異，不過也不是能永遠存在。剛才那是只重視規模與強度，不把持續性放在眼裡的召喚。

如果是我要使用的劍，這樣就可以了。泰奧莉塔急速地學習跟我一起戰鬥的方法。這也是另一個聖騎士與「女神」如此強力的理由。

「怎麼樣啊，吾之騎士？」

泰奧莉塔像是要挑戰什麼般看著我。她的眼睛正在燃燒。

「我的祝福也很不錯吧。」

在剛才對泰奧莉塔許願召喚那把劍時，我就想起來了。

想起賽涅露娃的事情。城堡的「女神」。使用能夠召喚異界構造體的祝福。名符其實地——在各個戰場上飛來飛去。像這樣召喚出一群巨大的塔，我則在上面到處跳動，跟魔王現象進行了一場空中戰。

即使想起這件事，也不會感到痛苦了。所以我只說了一句話來回答她。

「很棒。要去贏取勝利了。」

「我想也是。我會祝福你，絕對要獲勝啊。」

我往背後一瞥。

迫近的「伊布力斯」灑下某種莫名體液並且發出吼叫。剛剛才被巨大的劍撕裂，卻完全沒有停下腳步。傷口逐漸癒合。

牠魯直地朝我追來。拋下魔王現象的異形群，以巨大身軀在地面掙扎著往我這邊逼近。近看之下有一種巨山整個壓上來一般的壓迫感。雖然動作看起來緩慢，但是軀體龐大，一步的移動距離也相當遠。

這就表示，我的目的已經達成了。

我降落到地面，往上看著「伊布力斯」。無數的混濁眼睛看著我。牠或許正在生氣。

「我想也是。」

我把小刀刺入地面並點了點頭。接著再次跳起。以「伊布力斯」能追得上的最快速度。

「我懂你的心情。這樣的戰場很糟糕吧？」

沒有任何明快的要素，一切全混在一起，淨是些不合邏輯的事情。我們懲罰勇者的戰鬥一定會變成這樣。主要都是那些傢伙——那群蠢蛋不好。

「伊布力斯」試圖以巨大的身軀壓扁我。

也因此步入了陷阱。

我插在地面的小刀爆炸，發出亮光與巨響，順便也將大地的模樣完全改變。這是偵查時所設下的陷阱。在基維亞的協助下，把經由諾魯卡由陛下調律的聖印埋設在這片土地附近。

聖印的名稱是碎屑印。

是能把乾燥的土壤變成泥巴的聖印。說起來就是像誇張版的落穴陷阱，不太會在戰場上使用。因為發動後附近的土地將無法使用，需要很長一段時間來復原。破壞時很簡單，要復原則很困難，這就是這個世界的常理。

但哪還有空理這些事情呢。

有點覺得，當時基維亞要是知道裝了這些聖印的箱子裡面是什麼可能會反對。讓廣範圍的土地產生大規模的泥濘化。再將「伊布力斯」捲入其中。

「泰奧莉塔。」

「嗯。」

她的金髮爆出大量火花。

空中出現三把劍。這也是巨大，而且有著柴刀般劍尖的劍。

一看見它們，魔王「伊布力斯」就發出咆哮。雖然在不得已的情況下掙扎著身體，但已經來不及了。在泥濘化的地面根本無法正常地行動。

「這樣……」

泰奧莉塔用手一指，劍就朝著「伊布力斯」降下。

「就能結束了。」

劍刺穿巨軀，將其深深釘在泥濘化的大地上。這次把足夠的力量分配到劍的持久力上了。尺寸以及強度也同樣加強了力量。

無論怎麼掙扎都無法逃脫。劍刺出的傷口撕裂那傢伙的身體，又從邊緣開始痊癒。但即使如此，還是無法違抗泥沼與把自己身體深深刺入地面的巨劍重量。也沒有可以用來前進的立足點。

結果要面對只有不死之身成為問題的魔王，只要這麼做就可以了。

也就是停下牠的動作。只要有巨大的陷阱和無法脫逃的機關即可。雖然原始到極點，但需要的也就只有這些。

再來就是加以實行的方法。

面對異形群時的對應、能將如此廣範圍的大地變成泥沼地的聖印技術，以及如何誘導魔王掉入陷阱。分散其注意力與從虛空中產出巨大質量的劍。還有——嗯，總之很多事情就對了。

讓魔王陷入這樣的情況後，當牠無法動彈的期間，看是要放毒還是什麼都可以吧。也不用犧牲要塞了。

「成功了。」

呼吸急促的泰奧莉塔，在額頭滲出汗水的情況下抬頭看著我。

「對吧？」

她像是要表示「快摸」般把頭伸過來。或許就是這麼做不好吧。太快認定已經獲得勝利了。

從地面下方傳來「噗滋」的異樣聲音。

「伊布力斯」的巨軀在泥沼中暴動。牠的背部裂開了。柔軟的肉噗滋噗滋地裂開，長出一對翅膀——不對，錯了。

是分離才對。

某個東西從「伊布力斯」的肉裡飛出去。是像蝙蝠一樣嬌小的生物。

我在這個時候，才知道這隻魔王真正的模樣。

牠產生變化了。這傢伙的特性不只是不死之身而已。適應變化。所以才會是不死身嗎？猛毒真的能解決掉這種東西嗎？第三「女神」的預知終於要失準了嗎？

（這臭傢伙竟然飛起來了。）

現在魔王「伊布力斯」自行捨棄巨大身軀，變成蝙蝠飛翔著。

而且不只是這樣。在看著牠的期間，牠的身體就在空中逐漸肥大化。全身表面都浮現眼珠。眼珠又全瞪著這邊。

——飛過來了。

「可惡。」

在思考之前，我就用身體擋住了泰奧莉塔。

可以看到「伊布力斯」長出了鉤爪。爪子就跟利刃一樣。或許能在最後一刻躲開來吧。肩膀到背後產生強烈的疼痛。或許是情緒相當激昂的緣故，疼痛感並不那麼讓人在意。

但問題是……

「……老大，你那邊還沒結束嗎？」

渣布傳來沙啞且斷斷續續的聲音。

「我們這邊快撐不住了。我已經很努力了——」

他的話才說到一半，就傳出啪嘰啪嘰的異樣聲音。那是破壞的聲音。而且諾魯卡由與貝涅提姆的聲音也混雜在裡面。

「小的們，撤退！跑向天守閣，正門撐不住了！」

「咦咦？等等啊陛下，別到這邊來！請……請你們自己再撐一下！」

「啊，差不多是這種狀況了嗎？那個，那我可以先逃嗎？」

「等等……誰來……救救我……！被傭兵團追上一定會被殺掉啊！」

真是一群糟糕的傢伙。連我都想笑了。開始變成令人束手無策的局面。

事到如今，製作出這種戰場的我應該要負起責任吧。「伊布力斯」正在空中盤旋。是在估量我方的戰力嗎？

「沒辦法了。」

我嘆了一口氣。

「泰奧莉塔，妳快逃吧。我會爭取時間。我是勇者所以死了也沒關係，妳就不一樣了。」

「不行，吾之騎士。」

泰奧莉塔搖了搖頭。

「只要有我在，你就不可能敗北。我可是『女神』哦，賽羅。」

她燃燒火焰的眼睛依然看著敵人。「伊布力斯」在空中回頭，身體繼續肥大化當中。異形們雖然逐漸從牠身後湧至，但泰奧莉塔卻完全沒有絕望。

（太厲害了吧。）

我產生這種極為單純的感想。
泰奧莉塔仍未喪失戰意。
真是個了不起的「女神」。簡直就像真的是為了引導人類而降臨的存在般，泰奧莉塔用手指著敵人。
「讓我們戰鬥並且獲勝吧。」
「妳真是個偉大的女神。」
「你也是哦。吾之騎士……你不會忘了跟我訂定契約時的誓言吧？」
她以有些不安的模樣問道。我只能苦笑著回答：
「嗯，還記得啦。」
很遺憾的是我還記得。我確實發誓了——要「證明己身是偉大的存在」。
「就像我是偉大的『女神』一樣，你也是偉大的騎士。要相信這一點。我們不會認輸、失敗，也不會屈服。一定會勝利。我沒說錯吧？」
「知道了。」
就這樣，我決定讓泰奧莉塔來領導我。
既然發了誓就沒辦法了。我決定再次像過去那樣，認為自己是偉大的騎士。至少不能在被「伊布力斯」那個傢伙單方面痛宰並且瞧不起的情況下認輸。
我這個人老是這樣，這個毛病可能到死都改不了吧。

刑罰：謬利特要塞防衛汙染 原委

魔王「伊布力斯」在空中轉身。

無聲地拍動翅膀。

牠的身體更加膨脹——現在已經擁有巨大的雙翼。是一頭尺寸介於牛與野狼之間的怪物。

「就算有攻擊的機會也只剩下一次。」

我這麼對泰奧莉塔呢喃道。

如果是軍事上的判斷，就應該是聖騎士要負起的責任。「女神」尚未放棄的話，那我也得繼續完成自己的任務。

就算在此放棄而什麼都不做也只會被殺掉，而那會讓我看起來非常無能，實在不想之後遭到恥笑。以帥氣的模樣從要塞出擊，對準敵人的老大衝過去，實在不願意說最後還是失敗了。那我絕對無法忍受。

「對方也保持著警戒。」

所以才在我們的頭上滑翔，無數的眼珠都注意著我們。

「只不過，最後還是會攻過來。牠不可能等待那些異形軍隊。」

剛才的機關讓大地泥濘化了。要是往這邊湧過來的話將會造成重大的犧牲。

「在變成那樣之前，牠就會攻過來了。」

就算那隻魔王現象「伊布力斯」沒有太高的智力，應該還是具備這點判斷力。牠仍然比一般的野獸聰明。

「會從空中急速下降吧。交戰時間只有一瞬。失敗的話，那傢伙可能會誕生出更有效的武器。」

魔王「伊布力斯」的鉤爪——剛才撕裂我身體的武器變得更大了。

如果那隻魔王的本質正如我所預測的是適應變化，那牠應該覺得鉤爪是對我有效的武器吧。現在變得跟劍一樣長，而且相當銳利。

「要說的就這麼多了。目前為止有沒有什麼能感覺到希望的要素？」

「這樣的話……」

泰奧莉塔抬起頭來。

她的嘴唇微微顫抖。可以知道她無法完全壓抑恐懼。之所以還能露出笑容，完全是想要對我展現出意志堅強的模樣吧。即使是硬著頭皮，也試著要讓我「鼓起勇氣」。

「太簡單了，你以為我是誰啊？」

她正在期待。真拿她沒辦法。我只能苦笑著說：

「劍之『女神』泰奧莉塔。」

「沒錯。偉大的劍之『女神』，而你是我的偉大騎士。」

堅定地說完後，她就脫下白色外套並將其丟棄。可以看出她全身泛紅，而且正在發燙。金髮爆出至今為止不曾見過的強烈火花。

「我準備一把特別的劍……這次真的是很特別的劍。」

「可以殺掉不死身的對手嗎？要如何辦到？」

「……沒有什麼如何辦到。這是被稱為『聖劍』的劍，不存在這把劍無法消滅的對象。」

「也有『女神』預言除了毒之外就沒有幹掉那個傢伙的辦法了哦。」

「正確來說，只是這個世界沒有那種方法吧。」

泰奧莉塔說的沒錯。她臉上浮出僵硬的笑容。

「因此我從這個世界之外召喚過來了。對方只有一隻的話，就沒有什麼好怕的。」

說著「沒有什麼好怕」的她應該是最感到害怕的吧。

「給你一次呼吸的時間。我一定會撐住。」

也就是要我一定要一擊命中吧。

那樣的話就單純是技術方面的問題了。也就是我應該解決的問題。

「此外還需要些什麼嗎？」

「不用。」

再來只要有克服恐懼的勇氣就足夠了。事情就是這樣。

只不過，我大概沒有勇氣這種東西。有的就只有難以忍受的怒氣，遭受少到難以置信的忍耐力擺布而活著。

所以……

「交給我吧。」

我只說了這麼一句話。因為說出真心話實在太丟臉了。

老實說我沒有什麼自信。我是士兵不是什麼劍士。雖然學習了聖騎士傳統的劍術，但最多也只有普通程度。這樣真的能砍中對方嗎？

希望能更加集中精神。希望能穩定呼吸，準備好揮出這一擊。但對方不可能等我做好準備。

魔王現象「伊布力斯」用力拍動翅膀。

敵影幾乎來到我的正上方。在背對著綠色月亮的一瞬間收起雙翼。急速降下——巨大鉤爪看起來特別光亮。速度雖快，卻是相當單純的攻擊動作。

（就是現在。）

這個瞬間。這時候就是唯一的勝機。

「吾之騎士……」

泰奧莉塔開口這麼說道。

她的雙手做出在虛空中拔劍出鞘的動作。炫目的火花閃爍。就像有閃電劃過她手裡一樣。劍出現在泰奧莉塔手中。

有著能夠自己發光般沒有任何暗沉的銀之雙刃。簡直就像是最前線士兵所使用的，沒有任何裝飾的單手劍——真是幫了我一個大忙。我還記得一些受過的訓練。

泰奧莉塔把劍朝我扔過來。

我瞪著降下的「伊布力斯」看。

抓住泰奧莉塔召喚出的莫名單手劍——對手的動作本身相當單純。甚至可以說老實。就是筆直地衝過來。

（迎擊。我可以輕鬆辦到。）

這麼對自己說。結果正如我所預測，「伊布力斯」從頭上的正面衝過來，接著我又感到一陣驚愕。

（真的假的。）

「伊布力斯」的身體就像開花一樣產生了變化。

（竟然作弊。）

「伊布力斯」的身體噗滋一聲自動裂開，其胸部的肉打開來——瞬間長著鉤爪的手臂增加了。

原本只有兩條的手臂加起來變成六條。我以左手握住的小刀擋下其中一條手臂的攻擊。然後扭動身體用肩膀接下第二條手臂的攻擊，第三條手臂陷入我的腹部。雖然不是在意疼痛感的時候，但還剩下三條——可惡。

第四第五條瞄準我的頭部，第六條則伸長去攻擊泰奧莉塔。

就算捨棄攻擊——也得保護泰奧莉塔。我認為這是最重要的事情。無論怎麼想，這在戰術上都是極大的錯誤。如果我被打倒的話，兩個人就會一起被幹掉。

這是從任何方面都無法贊同的失敗。

之所以能沒犯下這樣的錯誤，完全是因為我還不夠清楚自己不再是正當的聖騎士。不是只有我跟泰奧莉塔兩個人在戰鬥而已。

「賽羅！」

首先聽見的是鐸達的聲音。並非透過聖印，是震動著鼓膜的拚死聲音。可以看到騎在馬上，以拚死的模樣飛奔過來的男人。

那個傢伙已經舉起雷杖並且射擊魔王。連發式的雷杖連續開了四次火。

「你在做什麼啊！犯傻了嗎，快點逃啊！」

鐸達無法分辨魔王「伊布力斯」與其他異形的差異。

因為無知到了極點，才能幹出這種事。以那個傢伙的常識來說，像我這樣單挑魔王根本是太過於愚蠢的行為，所以絕對不會想到有這種事。其實我也有點這麼認為。

不論如何，鐸達蹩腳的射擊貫穿了「伊布力斯」整個張開的翅膀。

憑這個傢伙的技術，也沒辦法射中其他部位了。而且射擊了四次還有兩發沒有命中目標。

但那個傢伙的射擊確實讓「伊布力斯」的身體整個失去平衡。就算傷口能立刻痊癒，在瞬間攻防時，翅膀破了個大洞的話只能徒呼負負。瞄準泰奧莉塔的手臂失準，沒能擊中目標。

而鐸達發射出去的閃光，似乎可以從謬利特要塞的天守閣清楚地觀測到。

「啊～看到了。這可是最後一發哦。」

這是來自渣布的慵懶聲音。

接著是「喀」的清脆爆裂聲。

電光一閃而過。比鐸達發射的更加強烈、銳利而且正確無比。閃光在「伊布力斯」的翅膀上開了個大洞。讓牠的身體產生決定性的傾斜。

「打中了嗎？不愧是陛下的狙擊杖……」

是來自謬利特要塞天守閣的狙擊。

在這樣的距離下，還是在只有月光的深夜裡，僅靠鐸達發射的雷杖光芒就正確地射穿「伊布力斯」的翅膀。這根本是超常現象。事後才聽說，這時使用的似乎是在諾魯卡由陛下調律的狙擊杖上安裝了鏡頭的製品。

總之「伊布力斯」的攻擊就因此而失敗了。增加的手臂變得毫無意義。

牠一邊跌落一邊往我這裡撞過來。看起來像頭部的地方再次變形。噗滋一聲打了開來。出現了長著整排牙齒的下顎。但這種東西只是死到臨頭的最後掙扎。

雖然在這種距離之下避無可避，但完全不重要。我一邊伸出左手一邊舉起長劍。「伊布力斯」咬住我的左手。利牙造成的劇痛——這讓我產生了怒氣。別開玩笑了。這就是我的原動力。

怒火開始燃燒。

這種狀況的話，再怎麼樣都不會失手。

我將「聖劍」刺出。閃爍銀色光芒的劍貫穿「伊布力斯」的身體。爆散出彷彿白晝般的燦爛火花。

這個時候我也已經知道發生了什麼事。

泰奧莉塔說過「沒有這把劍消滅不了的東西」。

而「伊布力斯」可以藉由變化來適應各種攻擊，是不論受到什麼致命傷都能復活的魔王現象。這兩者互相衝撞時，究竟會出現什麼樣的結果呢——其實很簡單。

「不存在聖劍無法消滅的東西。」

可以聽見泰奧莉塔疲憊到極點的呢喃聲。

「……不存在。」

「沒有錯。」

我把劍深深插了進去。

「嘰」一聲，劍尖似乎破壞了什麼。可以感覺到這樣的手感。

銳利的閃光迸發，風開始捲動。火花像是連眼睛深處都要燒燬一樣，讓我感到一陣頭痛——下一個瞬間，魔王現象之主「伊布力斯」便消失得無影無蹤。

名符其實的銷聲匿跡。

只有一陣風捲過。以泰奧莉塔的劍貫穿的同時，魔王「伊布力斯」的存在本身就消滅了。

（太誇張了吧。）

我看向手中的劍。

劍一瞬間就生鏽，然後像沙子一樣崩壞。

不存在聖劍無法消滅的東西——這把劍代表的意義，似乎是禁止無法消滅的對手存在。

泰奧莉塔能召喚出這樣的劍。老實說實在太誇張了。

（她說過是「聖劍」。）

現存的「女神」裡，連我都不知道有誰能辦到這種事。雖然有能召喚出兵器的「女神」，但那怎麼說都僅限於物理現象的範疇。

感覺泰奧莉塔能辦到的是非常危險的事情。

「吾之騎士……」

泰奧莉塔這時候已經站不起來了。

靠著我的支撐才沒有當場倒下。

「我很偉大吧？」

「是啊。」

老實說我也到達極限了。肩膀、背部、側腹、左手都受了傷，已經失血過多。快要失去意識。朦朧地看見騎馬靠近的鐸達那張蠢臉。

「妳很偉大哦。」

我撫摸著泰奧莉塔的金髮。

「對吧。所以你也很偉大哦，吾之騎士。」

泰奧莉塔露出滿面的笑容。就像自己的行為全部得到回報了一樣。

（說不定——）

我心裡這麼想著。

只要有泰奧莉塔在的話，說不定真的可以讓魔王現象從這個世界上消失。摧毀那群盤踞在軍隊與王城內的無聊陰謀家的意圖，擊敗魔王現象——那一定很愉快吧。

（太可笑了。好誇張的妄想。）

我如此自嘲。但是，之前甚至連這樣的夢都沒辦法作。

（也沒辦法。我贏了。幹掉魔王「伊布力斯」的，是無敵「女神」與騎士。）

所以不能一直露出已經筋疲力盡般的軟弱模樣。我聚集僅剩的氣力與體力，抬起頭來對著鐸達丟出一句：

「太慢了吧，笨蛋。」

這次的逞強就是我的極限，我隨即失去意識。

醒過來後，有一個陌生的男人在那裡。

是一個臉上掛著極可疑笑容的男人。

而且正低頭看著我。

（搞什麼啊。）

我好不容易才用感到麻痹的腦袋統整思緒。

陌生的男人、陌生的地點。白色天花板、床單、毛毯。看來我正躺著，是醫院嗎？應該是吧。

（不會錯了。）

我受了重傷。記得左手承受過被切碎般的疼痛。那是在戰場上。戰場——沒錯。跟魔王現象戰鬥。所以我才會得到修理吧。

「感覺怎麼樣呢，賽羅？」

陌生的男人對我這麼問道。

臉上雖然帶著笑容，但是相當輕薄而且刻意。他就像自己也知道這一點般，帶著某種諷刺的陰沉感。即使綜合這些要素，還是無法從腦袋裡找出任何關於他的記憶。

「你是誰啊？」

我詢問那個男人。

「嗯，很好。看來狀況不錯。」

那個傢伙輕輕點頭，接著看向背後。該處有一名同樣陌生的女性。

該名女性——又是什麼人呢？有著一張看起來很睏的臉龐，高挑的她身上穿著白色貫頭衣。這樣的話應該是神殿的人吧。

「可以對話。語言能力看來沒有問題，妳說的沒錯。」

即使男人向她搭話，白色貫頭衣的女性還是沒有任何回答。只是輕輕點點頭，像是沒什麼興趣般將視線固定在空中。

（這兩個傢伙是怎麼回事？）

我開始思考自己目前處於什麼狀況。

我受了重傷後，應該從戰場被送到修理廠了吧。受到那麼嚴重的傷，當然會這樣吧。如此一來，這裡就是修理廠結束後被移送過來的醫院嘍？修理廠是更加陰鬱的地方。而且這個房間似乎是單人病房。這不是相當高級的待遇嗎？

「放心吧。」

男人以讓人完全無法放心的輕薄口氣這麼說道。

「幸好你沒有喪生。不過只差一點了。當然——我想應該還是會留下某些後遺症。」

「或許吧。」

我以敷衍的口氣回答對方。感覺很疲勞。身體的各個地方似乎都傳來麻痺感。

「據醫生所說，感覺疼痛的能力似乎變遲鈍了。雖然是根據手術時的反應所做的推測，不過還是注意一下比較好。」

我心裡想著「也會有這種情形吧」。達也不就是最好的例子。

「這樣的軍人很容易死亡。我們希望你盡可能不要死亡。」

他說了「我們」。

這個詞讓我很在意。說起來這傢伙到底是誰？他不是勇者。這是可以確定的事情。我在腦海裡想著我們部隊的幾個成員。貝涅提姆、鐸達、諾魯卡由、達也、渣布、傑斯、萊諾……我全部記得。記憶大概沒有問題。

「聽到陌生人這麼說也一點都不覺得高興啦。」

我瞪著那個男人。

「剛才就問過了吧。你是誰啊？」

「可以把我當成你的伙伴。」

這麼說完後，那傢伙就用喉嚨深處發出笑聲。

「……哎呀，不這麼認為也無所謂啦。總之要多小心。看到你平安無事我就放心了。勇者部隊對我們來說是王牌啊。」

說什麼無聊的話。我完全無法信任這種傢伙。不表明自己的身分也讓人不愉快，我最討厭藉由這麼做來醞釀謎樣氣息的傢伙。

因此我只對他說了一句話。

「快滾。」

我揮了揮一隻手。

「看見你這傢伙可疑的臉我就不開心，別出現在我眼前。」

「太過分了吧。我可是花了很大的工夫才能像這樣偷偷跑來探病的呢。而且要把禮物送來給你也很辛苦。」

莫名的男人嘴裡說著「禮物」，同時指著旁邊的一張桌子。到剛才都沒有意識到，現在發現桌面放著幾個小包裹、花朵以及一大塊麵包等物品。

這是什麼？

我的感想可能表現在臉上了吧。

「似乎是對你們勇者懲罰部隊的感謝之意哦。」

「我可不記得被什麼人感謝了。」

「你錯了。鄰近的開拓村——就我掌握的就有拜伊卡拉、塔伏卡・杜哈、卡歐桑特。庫本吉森林與澤汪・卡恩坑道工會、西方利索行商公會。當然這些組織的成員不論是長相還是名字你都不知道。因為防衛了謬利特要塞，他們的生活也保住了。軍部也不知道要如何做出處分——啊，對了對了。」

男人這時像是再也忍不住般笑了出來。

「昨天好像才有一些小女孩拿花過來呢。」

「那跟我無關啦。」

我在說謊。我做的事並非毫無意義。

在眾魔王現象面前，這些只是微不足道的善意回禮。但也因此而有價值。怎麼可能不感到高興。只不過，不知道為什麼，讓眼前的男人知道這一點就是會感到很不愉快。

「你被稱為『飛天閃電』，已經引起傳聞了。或許是不屬於正規軍隊的緣故。完全被當成謎之戰士。這種情況很容易獲得人氣。」

「你想說的只有這些？那快點滾出去吧。」

「知道了。抱歉，那就按照你的要求吧。」

笑著的男人像要安撫我一樣攤開雙手。或許是投降的手勢吧。

「不過，希望你可以知道。不只是不知名的平民。神殿與軍部也存在注意你們勇者活躍表現的人——」

「快滾吧。」

如果手邊有東西的話，我應該扔過去了吧。搞不好連小刀都丟了。這時笑著的男人也放棄了。他一邊做作地搖著頭，一邊跟像是神官的女性走出房間。

「不過，最後還要說一件事。注意不要過度違反命令。確實存在認為你們相當礙眼的勢力。尤其是你更是受到矚目哦。」

「無聊。」

因為不用你說我也知道。

庫本吉森林、澤汪．卡恩坑道、謬利特要塞——不對。是從更早以前，也就是讓我「弒殺女神」時就開始了。軍部的高層，還有行政室裡應該都有臭傢伙在針對我。

「我早就知道了，都是些什麼樣的人？」

「共生派。」

笑著的男人簡潔地回答。

「他們被人這麼稱呼。」

我知道這一群人。指的是主張與魔王現象融合的傢伙。存在於魔王開始出現的最初期，之後就隨著戰爭的激化而直接自然消滅了。這些傢伙的主張是這樣的。

「可以跟魔王現象對話的話，應該能簽訂和平協議吧。那時候就算以全人類成為奴隸來作為交換條件，也應該確保最低限度的生存圈。作為這些奴隸的管理者，以及跟魔王現象之間的交涉者，我們這些共生派將君臨於這個世界」。就算以最客氣的說法，這些人都是最惡劣的下三濫。

沒想到這樣的一群傢伙真的已經把勢力擴大到足以陷害我了？

「那麼告辭了。」

當我陷入沉思時，笑著的男人就打開房門，對著房外的某個人搭話道：

「結束了哦。已經可以了，『女神』大人。」

「——賽羅！」

嬌小的人影衝了進來。是賽涅露娃。

有著金色頭髮與火焰般眼睛的少女——少女？不對。賽涅露娃沒有這麼嬌小。這樣的話，這是……

「吾之騎士。你那是什麼表情？」

少女像在責備也像是在進行某種懇求般看著我。

「你應該更開心一點。本女神親自來探病了。」

頭好痛。

我應該認識她。我開始回溯記憶。記得曾經看過這個人。

「我要生氣嘍，賽羅。」

她露出快要流下眼淚般的表情。

「忘記我的話可饒不了你。竟敢忘記偉大、寬容又充滿慈悲的我……」

可以看出她流下些許眼淚。開始覺得自己像個壞人了。可惡。

「賽羅。要是敢忘記……這個身為『女神』的我，我可饒不了你哦。」

「我沒忘。」

我只能這麼說了。而且還有些慌張。

「泰奧莉塔。」

我叫出她的名字。

「我沒忘哦。」

「嗯。」

「所以不要哭了。」

「我沒哭。」

「是嗎?」

「是啊。因為我很偉大,所以不會哭。」

泰奧莉塔的頭髮爆出火花,我便笑了起來。

「不過,你幹得很好,賽羅。我也稱讚你一下吧。」

泰奧莉塔伸出手來僵硬地摸著我的頭。火花微微灑落。

(沒辦法啦。)

我只能這麼想。身體實在太疲勞,連把她撥開的力氣都沒有。

雖然看見泰奧莉塔背後有個以凶狠目光瞪著這邊的女人,但我根本無法做出任何反應。

「……賽羅.佛魯巴茲。」

那個女人，基維亞露出嚴肅的表情來說著：

「來談談你們幾個傢伙討伐魔王『伊布力斯』之後的事情吧。」

「不了，現在沒心情聽太麻煩的事情。」

「不行，一定要聽。因為有這個需要。」

我雖然繃起臉來拒絕，但基維亞卻不允許我這麼做。真是個沒有幽默感的傢伙。

「首先，你跟泰奧莉塔暫定配備到我們第十三聖騎士團了。」

所謂的配備，就是只把我們當成備品的意思。

結果我們的立場還是沒有改變。雖然很想對這件事情加以諷刺，但是連這樣的氣力都拿不出來。

「『女神』泰奧莉塔處於堪憂的立場。軍部與神殿正在進行關於她有多麼尊貴的議論。因為要塞防衛戰獲得遠超出預測的戰果，大勢已經逐漸改變了。」

即使在這種時候還是用文謅謅的用詞，在在表現出這個女人的性格。而且還說什麼議論「她有多麼尊貴」。也就是說，絕對在討論今後要如何對待泰奧莉塔。

軍部，也就是喀魯吐伊魯應該分裂為「解析」泰奧莉塔派跟繼續將她利用在軍事上的「活用」派。從軍事觀點來看，我想——我們應該顯示出自己多麼有用了。

那另一邊的神殿又如何呢？

因為那是我搞不太懂的世界，所以只能夠推測。考慮到政治上的勢力版圖，是會出現把這件事情交由軍部來判斷以換取通過其他法案，還是由直接由神殿來保護她的結果呢。

不論是哪一種，兩個組織應該都沒有共識。這樣議論的時間應該會拖得很長吧。

「賽羅，你必須繼續負起保護『女神』的責任。」

「要保護她的話……」

我看向這時終於停止撫摸我頭部的泰奧莉塔。

「那就暫時把我們調離前線吧。成為勇者之後，我沒有休過一天假哦。」

「說得也是。那你就暫時離開前線吧。」

「妳說什麼？」

老實說我真的嚇了一跳。原本還以為是在開玩笑——但基維亞應該不可能會開如此有幽默感的玩笑。

「你們這些傢伙的工作，就是在這個港灣都市幽湖保護泰奧莉塔大人的安全。」

「那是什麼意思？聽起來怎麼好像城裡比戰場還要危險。」

「你說的沒錯。」

基維亞以嚴肅到讓人感到煩躁的表情點了點頭。

「隸屬於神殿勢力的一派，正打著泰奧莉塔大人的主意。」

聽到令人難以置信的事情了。神殿不都是些極度崇拜「女神」的腐儒嗎？

「神殿內也有各種派閥。」

基維亞注意到我納悶的表情後，似乎決定多做一些說明。

「特別危險的派閥是以『女神』的純粹性為第一優先的傢伙。他們自稱是『正統派』。他們原本就站在不承認新『女神』泰奧莉塔的立場。」

「搞什麼啊。莫名其妙的傢伙。」

「身為絕對存在的『女神』有所增減會讓人困擾，他們就是打著這種純粹主義的傢伙。人數絕對不會太多，但勢力似乎擴張得比想像中還要大。」

說什麼蠢話啊，我內心這麼想著。

真是群愚蠢的傢伙。我很清楚「女神」也會死亡。過去在第三次魔王討伐時，就有過幾名「女神」死亡的紀錄。他們不承認那件事嗎？

「他們那群激進派正試圖直接危害泰奧莉塔大人的安全。已經查明他們跟暗殺教團也有關係了。」

「……嗯，算了。我的頭開始痛了。這部分的事情等之後再聽妳說——」

我回頭看向泰奧莉塔。但這些事情是能讓這個傢伙聽的嗎？但我的擔心似乎完全是多慮了。

「嗯，賽羅。所以就由你來保護我。你還有其他的勇者。」

泰奧莉塔露出燦爛的笑容。看起來簡直就是開心到不能自已，為什麼會那麼高興呢？我馬上就得到這個問題的答案了。

「休假哦，賽羅。等你的傷勢痊癒後，馬上帶我到街上去。」

「真拿妳沒辦法。」

我看向窗外。冬天的氣息相當強烈。被深灰色雲層覆蓋住的天空，包含著出現大風雪的預感。說不定今天晚上就要下雪了。

（工作是保護「女神」嗎？）

貝涅提姆應該會為了確保輕鬆的立場而信口開河吧。

鐸達到街上去的時候，必須把他的雙手綁起來。

諾魯卡由會像個國王一樣闊步於市場，然後吃東西不打算付錢吧。

必須禁止渣布出入於賭場與紅燈區——還有——

（我在做什麼啊。）

這時候也只能笑了。有一個比以前，還有擔任聖騎士時期，甚至是在遇見泰奧莉塔前對於這種狀況更加感到愉快的自己存在。我正在享受。

這個事實讓我打了個冷顫。這樣其實不錯。雖然像蠢蛋般的傢伙們是自己的伙伴，但我不覺得火大。

「賽羅。」

泰奧莉塔拉了拉我的袖子。

「既然你是吾之騎士，那為了不在街上迷路，我命令你牽住我的手。」

「嗯。」

以前也曾發生過這種事情。

確實是這樣。我試著想起那個時候賽涅露娃的表情還有當時的對話——然後失敗了。

「那真是太光榮了。」

我強迫自己笑了起來。

後記

承蒙照顧。我是ロケット商會。

我很喜歡「嘻呀角」。嘻呀角是為了方便而創造出來的名詞，也就是那種會發出「嘻呀」的叫聲並且從天花板後面拿著塗毒刀子襲擊過來，但馬上就被幹掉的小角色。

由於我喜歡這種造型的壞蛋，所以三不五時就會思考各種類型的嘻呀角。為了各位在發生什麼錯誤而必須做出嘻呀角行動時不會感到困擾，我先在這裡介紹幾種不同的典型嘻呀角吧。

「類型Ａ：灶馬」

這種類型的嘻呀角狡猾且敏捷，只要一有空檔就會隨著「納命來」等叫聲向對手發動奇襲，通常是以毒爪或者毒小刀來攻擊。但絕對不會使用致死性的猛毒，用的大多是麻痺毒之類的。那是因為他們把欺負弱小看得比一天的三餐更加重要。

因此總是受到變弱的對手反擊然後輕易逆轉落敗。要扮演灶馬時最需要注意的重點是「粗心大意」。用心做出蛇一般噁心且無謂的動作也是不錯的選擇。

「類型B：博士」

這種類型的嘻呀角具備優秀的頭腦，擅長收集與分析檔案。

但都是欠缺客觀性的粗劣成果。他們經常會計算自己的勝率，不過結果幾乎都得到「一〇〇％」或者「99.999％」這種不合理的高數值。危急時會對自己的肉體注射謎樣的禁藥，成為「自稱．究極怪物」來攻擊對手。

當然，以這種手段來進行戰鬥極少有能獲得勝利的例子。

「類型C：有錢人」

這種類型的嘻呀角通常是超乎常識的富翁。

由於擁有大量的金錢，所以能夠借用各種保鑣、殺手以及殘暴寵物的力量。但很可惜的是，像這樣僱用的存在，越是有實力者就越會注意到背叛有錢人對自己更為有利。寵物的話則是會把他當成飼料而露出利牙。

請求饒命時通常會說「付多少錢都可以」，當他這麼大叫的瞬間就是最精采的場面。

以上就是為各位介紹的三種具代表性的嘻呀角。如果能讓各位作為舒適反派生活的參考那就太好了。

另外，本篇《判處勇者刑》裡不會出現這種類型的嘍囉。雖然經常被嘻呀角衝動襲擊，但是都靠著來自各位的聲援壓抑下來，才能夠像這樣順利地書籍化。感謝一路閱讀到這裡的你，並且為這篇後記畫上句點。

哥布林千金與轉生貴族的幸福之路
為了未婚妻竭盡所能運用前世知識 1 待續

Kadokawa Fantastic Novels

作者：新天新地　插畫：とき間

商業才能、魔道具、前世知識……
為了未婚妻，我要面不改色大開外掛！

下級貴族吉諾偷偷活用前世知識，將商會經營得有聲有色。他的夢想是找個晚年能互相扶持的伴侶，但前世的他根本不受歡迎，因此不擅長和女性相處，阻礙重重。這時他得到一個相親機會，對方是因為容貌特殊，人稱「哥布林」的千金小姐……！

NT$260/HK$87

國家圖書館出版品預行編目(CIP)資料

判處勇者刑：懲罰勇者9004隊刑務紀錄/ロケット商會作；周庭旭譯. -- 初版. -- 臺北市：臺灣角川股份有限公司, 2023.11-

冊；　公分. -- (Kadokawa fantastic novels)

譯自：勇者刑に処す：懲罰勇者9004隊刑務記録

ISBN 978-626-378-186-3(第1冊：平裝)

861.57　　112015477

Kadokawa Fantastic Novels

判處勇者刑 懲罰勇者9004隊刑務紀錄 1

（原著名：勇者刑に処す 懲罰勇者9004隊刑務記録 Ⅰ）

2023年11月27日 初版第1刷發行

作　　者：ロケット商會
插　　畫：めふぃすと
譯　　者：周庭旭

發 行 人：岩崎剛人
總 編 輯：蔡佩芬
副總編輯：朱哲成
美術設計：郭虹吟
印　　務：李明修（主任）、張加恩（主任）、張凱棋

發 行 所：台灣角川股份有限公司
地　　址：104台北市中山區松江路223號3樓
電　　話：（02）2515-3000
傳　　真：（02）2515-0033
網　　址：www.kadokawa.com.tw
劃撥帳戶：台灣角川股份有限公司
劃撥帳號：19487412
法律顧問：有澤法律事務所
製　　版：尚騰印刷事業有限公司
ISBN：978-626-378-186-3